철학의 해학

한비미디어

1판 1쇄 인쇄 | 2020년 08월 20일
1판 1쇄 발행 | 2020년 08월 25일

지은이 | 앤소니 드 멜로
엮은이 | 김현천
펴낸이 | 윤옥임
펴낸곳 | 한비미디어

서울시 마포구 독막로 28길 34
대표전화 (02)713-3734, **팩스** (02)706-9151

등록 제 2003-000077호

© 2020by Brown Hill Publishing Co. 2020, Printed in Korea

ISBN 979-11-968278-3-0 03810
값 14,000원

삶의 철학과 지혜가 담긴 이야기

철학의 해학

앤소니 드 멜로 **지음** | 김현천 **엮음**

한비미디어

삶의 철학과 지혜가 담긴 이야기

세상은 어리석은 경우가 많다.
무엇이 선이고, 무엇이 악인가는 묻지 않고
무엇이 큰 사건인가를 따지기 좋아한다.
우리는 조용하더라도 좋고
겉으로 드러나지 않아도 상관없다.
언제나 악한 것은 버리고
선한 것을 택하는 사람이 가장 훌륭하며
존경받을 수 있는 사람임을 알아야 한다.
마음이 풍부한 사람은
물질적 욕망을 탐하지 않는다.
정신적 가치를 추구하는 사람은
물질적 소유를 크게 생각하지 않는다.

삶의 철학과 지혜가 담긴 이야기

내 마음은 열려있다.
내가 어느 정도까지 도달했는지 간에
나는 지금 시작하여
내가 알고 있는 것보다 백배나 더 많이
깨달아야 할 것들이 있다.

차례

제 1 장

카드놀이를 하는 개

수도승이 어느 주막에 가면
그 주막은 그의 독방이 되고
술주정뱅이가 어느 독방에 가면
그 독방은 그의 주막이 된다!

13

카드놀이를 하는 개

어떤 사람이 개와 함께 카드놀이를 하고 있었다. 그 모습을 본 친구가 그에게 말했다.

"자네의 그 개는 매우 영리한 개로군."

그러자 그 친구는 대답했다.

"보기보다는 그다지 영리하지 않아. 좋은 패를 잡을 때마다 꼬리를 흔들거든."

14

슈퍼마켓에서

한 부인이 슈퍼마켓 식품코너에서 토마토 몇 개를 집으려고 몸을 굽혔다. 그 순간 부인은 등을 찌르는 지독한 통증을 느꼈다. 꼼짝할 수 없었던 그 부인은 고통을 참을 수 없어 비명을 질렀다.

그러자 옆에 있던 한 고객이 아는 체하며 말했다.
"토마토가 비싸다고 생각하신다면, 생선 값은 얼마나 비싼지 한 번 알아보셔야 한다고요!"

당신이 반응을 보이고 있는 것은 현실인가?
아니면 현실에 대한 당신의 가정인가?

15

사막에서

    사막을 가로질러 달리던 한 카우보이가 있었다. 그는 길가에 엎드려 땅에다 귀를 대고 있는 인디언과 마주치게 되었다.

    "추장! 거기서 뭘 하고 있는 거요?"라고 카우보이는 말했다.

    "창백하고 큰 얼굴에 빨간 머리를 한 남자가, 독일산 세퍼드를 태운 채 SKT965번 청록색 메세데스 벤츠를 타고 서쪽으로 달려가고 있소."

    "허허 추장, 당신은 땅에 귀를 대고 듣기만 해도 그걸 다 안단 말이요?"

    "그게 아니라, 그 빌어먹을 녀석이 나를 치고 달아났단 말이오."

16
희망 없음

비행 도중에 조종사가 기내 방송을 통해 승객들에게 말했다.

"죄송하지만, 우리는 지금 심각한 위험에 처해 있음을 알려드리지 않을 수 없습니다. 이제 우리를 구할 수 있는 건 하느님뿐입니다."

한 승객이 한 사제에게 돌아앉으며 조종사가 한 말이 무슨 뜻이냐고 물었다.
그러자 사제는 다음과 같이 대답했다.
"아무 희망도 없답니다!"

17
귀에 생긴 물집

한 주정뱅이가 길을 가고 있었다. 그런데 이상하게도 그의 양쪽 귀에는 물집이 나 있었다. 그에게 다가온 한 친구가 어쩌다가 그렇게 물집이 생기게 되었느냐고 물었다.

"마누라가 뜨거운 다리미를 놔두고 잠깐 나간 사이에 전화벨이 울리더라고. 그래 그만 실수로 그 다리미를 집어 들었지 뭐야."

"쯧쯧, 그랬군. 그런데 다른 쪽 귀는 어떻게 된 건가?"

"아 글쎄, 그 멍청이가 또 전화를 걸었지 뭐야!"

18
브레이크 고장

어느 유정(油井)에 화재가 발생하자 회사 경영진들은 불길을 잡기 위해 소방 전문가들을 불러들였다. 그러나 화기가 너무 거세어 소방대원들이 유정에서부터 1,000 피트 거리 안으로는 진입을 할 수가 없었다.

매우 절망한 경영진은 그 지역 자원 소방대에게 연락을 해 무슨 수를 써서라도 재주껏 도와달라고 요청했다.

30분 후에 고물차로 보이는 소방차 한 대가 털털거리며 나타났다. 그러더니 활활 타오르는 불길에서부터 불과 50피트 떨어진 지점까지 굴러가더니 급정거를 했다.

그리고 그 차에서 뛰어내린 청년들이 서로의 몸에 물을 뿌리고 나서, 그치지 않고 진화작업을 진행해 나갔다.

며칠 후 회사 측에서는 감사의 뜻을 전하기 위해 표창식을 마련하고서, 지역 소방대원들의 용기와 헌신적인 임무 수행을 칭찬했다. 그리고 거액의 수표가 소방대장에게 전달되었다.

소방대장에게 몰려든 취재기자들이 그 수표로 무엇을 할 계획이냐고 물었다.

그러자 소방대장이 말했다.

"글쎄요, 어쨌거나 우선은 저 소방차를 정비소로 끌고 가서 그 망할 놈의 브레이크부터 고쳐놓고 봐야겠습니다!"

어떤 이들은 거룩하게 태어나고,
어떤 이들은 거룩함을 성취하고,
어떤 이들은 거룩함을 억지로 떠맡게 된다.
그리고 어떤 이들에게는 안타깝게도,
거룩함이란 한 의식에 불과하다.

20
매춘부가 될래요!

한 수녀가 자기가 맡은 자기 반 아이들에게 장래 희망이 무엇인지 물었다.

꼬마 토미는 비행기 조종사가 되고 싶다고 했고, 엘시에는 의사가 되고 싶다고 했으며, 기쁘게도 보비는 가톨릭 신부가 되고 싶다고 했다.

그러자 마리아가 일어서더니 어이없게도 자기는 매춘부가 되고 싶다고 했다.

"뭐라고 했니, 마리아? 다시 말해보렴."

수녀가 놀라서 물었다.

"저는 이 다음에 크면 매춘부가 되고 싶어요."

마리아는 마치 자기가 원하는 것을 정확히 아는 사람처럼 망설이지 않고 말했다.

너무 놀라 할 말을 잊은 수녀는 즉시 마리아를 다른 아이들로부터 격리시켜 본당 신부에게로 데리고 갔다.

본당 신부는 수녀에게서 자초지종을 들었으나, 그 기막힌 사실을 소녀에게 직접 확인해보고 싶어했다.

"무슨 일이 있었는지 네가 직접 말해보렴, 마리아."

마리아는 사람들이 모두 놀라는 것에 의아해하며 말했다.

"수녀님께서 이 다음에 커서 무엇이 되고 싶으냐고 물으시길래, 저는 매춘부가 되고 싶다고 했어요."

"매춘부(Prostitute)라고 했단 말이지?"

신부는 재차 확인했다.

"네."

"그렇다면 안심이구나! 우리는 네가 개신교 신자(Protestant)가 되겠다고 한 줄 알았지 뭐냐!"

기도하는 사람

어느 신앙심 돈독한 노 부인이 전쟁 후에 말하기를 :

"하느님께선 우리에게 정말 은총을 내려 주셨어요. 우리가 기도하고 또 기도하고 했더니 폭탄이 전부 건너 마을에만 떨어졌답니다."

❦

그들은 해마다 소풍갈 때면 신앙심이 두터운 그들의 아주머니를 초대하는 것을 관례로 정해 놓았다. 그런데 그만 올해는 깜빡 잊어버리고 말았다.

그리하여 급히 서둘러 초대장을 부쳤고, 간신히 그 날짜에 맞춰 초대장이 도착했을 때 그 아주머니는 말했다.

"지금은 너무 늦었어. 벌써 비가 오게 해달라고 기도했는걸."

❦

할머니 : 너 매일 밤 기도하니?

손자 : 그럼요!

할머니 : 매일 아침에도?

손자 : 아뇨, 전 낮에는 무섭지 않아요.

23
용을 친구로 삼기

어떤 사람이 정신과 의사를 찾아가 하소연하기를, 밤마다 다리가 열둘에 머리가 셋이 달린 용이 찾아온다고 했다.

그는 신경쇠약 환자로 매일 밤 한숨도 잘 수 없어 기진맥진해 있었다. 심지어 그는 자살까지 생각하고 있었다.

"제가 치료해 드리지요."하고 의사가 말했다.

"하지만 미리 말해두겠는데, 최소한 1, 2년은 걸리고 3천 달러의 비용이 들 겁니다."

"3천 달러!"하고 그 남자는 소리쳤다.

"그만두겠어요! 차라리 그냥 집에 돌아가서 그 용을 친구로 삼으렵니다."

생명을 대신 버리라니요?

속세를 떠나 출가하기를 열망하는 제자가 있었다.

그는 자기를 너무도 사랑하는 가족들이 자신을 놓아주지 않을 것 같아 출가를 실행에 옮기지 못하고 있다고 스승에게 고백했다.

"사랑이라고? 그건 결코 사랑이 아니야. 잘 듣게나……."

이렇게 말한 스승은 그에게 죽은 상태처럼 될 수 있는 요가를 하나 가르쳐주었다.

다음날 그 제자는 누가 보더라도 죽은 것이 확실했고, 그의 집에는 그칠 줄 모르는 울음 소리가 가득했다.

때마침 스승이 오더니 통곡하고 있는 그의 가족에게 말했다.

"만일 가족들 중에서 이 사람 대신에 생명을 버릴 사람이 있다면, 그를 다시 살려낼 수 있소. 누구 대신 죽을 사람이 있습니까?"

그 '시체'에게는 놀라운 일이었지만, 가족들은 저마다 자신의 생명을 포기할 수 없는 이유들을 하나씩 대기 시작했다. 게다가 그의 아내는 한 마디 말로써 다른 모든 변명들을 일축했다.

"사실은 아무도 그이 대신 죽을 필요는 없어요. 우리는 그이 없이도 얼마든지 살아갈 수 있답니다."

틀에 갇힌 그림

폴 세잔느는 35년간이나 세상에 드러나지 않은 채 살면서, 걸작들을 만들어 믿을 수 있는 이웃들에게 주곤 했다.

자기 작품에 대한 사랑만으로 작품 창작에 몰두한 그는 다른 사람들에게 인정을 받으려는 생각은 해본 적이 없었을 뿐더러, 자신이 현대 미술의 아버지로 추앙받는 날이 오리라고는 상상조차 해 본 적이 없었다.

어느 날 세잔느의 그림을 꽤 여러 장 지니고 있던 파리 상인이 처음으로 세잔느의 작품으로 전시회를 열어 미술계에 소개함으로써 세잔느라는 이름이 세상에 알려지게 되었다. 그리고 세상은 이때 한 대가의 존재를 발견하고 놀라게 되었다.

그런데 놀라기는 그 대가도 마찬가지였다.

그는 아들의 부축을 받으며 그 화랑에 전시되어 있는 자신의 그림들을 보고 깜짝 놀라며 아들에게 말했다.

"저것 좀 봐라, 애야. 내 그림들이 틀에 갇혔구나!"

골몰

어느 신부님이 행실이 좋지 않다고 소문난 아름다운 부인과 이야기하는 모습이 자주 사람들의 눈에 띄었다. 심지어 공공장소에서도 사람들의 눈에 띄면서 이것은 커다란 스캔들이 되었다.

결국 그는 주교에게 불려가서 싫은 소리를 듣게 되었는데, 주교의 말이 끝나고 나자 이렇게 말했다.

"주교님, 저는 언제나 하느님 생각으로 가득 찬 상태에서 아름다운 부인과 이야기를 나누는 것이 오히려 아름다운 부인 생각에 골몰한 채 하느님께 기도하는 것보다는 낫다고 생각했습니다."

수도승이 어느 주막에 가면
그 주막은 그의 독방이 된다.
술주정뱅이가 어느 독방에 가면
그 독방은 그의 주막이 된다.

교통사고

어느 조그만 마을에서 교통사고가 발생했다.

그런데 많은 사람들이 그 피해자를 둘러싸고 있었고, 그 사건을 취재하려던 한 신문기자가 뚫고 들어갈 방법을 찾다가 이렇게 외쳤다.

"비켜주세요, 전 희생자의 아버지입니다."

그러자 놀란 사람들이 길을 터 주었고, 그제서야 신문기자는 사고 현장의 앞까지 갈 수 있었다.

그러나 어처구니없게도 그 앞에 쓰러져 있는 것은 당나귀 한 마리가 아니겠는가!

무언의 논쟁극

아주 오래 전 중세시대의 일이다. 교황은 끊임없이 유대인들을 로마에서 몰아낼 것에 대한 권유를 받았다. 가톨릭의 중심부에 유대인들이 버젓이 살고 있다는 것은 용납할 수 없다는 것이었다.

그리하여 작성된 추방령 포고문이 공포되자 유대인들은 너무도 어처구니가 없었다. 그들은 다른 어느 곳으로 가더라도 로마에서보다 더 비참한 대우를 받을 것이 뻔하다는 것을 잘 알고 있었기 때문이다.

그래서 그들은 그 칙령을 재고해 줄 것을 교황에게 간청했다. 이에 교황은 도박과도 같은 특이한 제안을 하나 제시했다.

유대인들 중에서 교황과 무언으로 논쟁할 사람을 하나 선정하라는 것이었다. 만일 그들의 대변자가 이길 경우에 유대인들을 그대로 머물게 하겠다는 것이었다.

유대인들은 모여서 이 제안에 대해 여러모로 생각했다. 그 제안을 거절한다는 것은 로마에서 추방당하게 되는 것이었고, 그 제안을 받아들이는 것은 실패를 자초하는 일이었다.

교황이 직접 참가도 하고, 심판도 하는 논쟁에서 과연 어느 누가 이길 수 있겠는가? 그러나 그 제안을 받아들이는 수밖에 다른 길이 없었다.

다만, 교황과 무언의 논쟁을 벌일 사람을 찾는다는 것이 불가
능했다. 유대인들 전체의 운명을 좌우하는 무거운 짐을 진다는
것은 누구라도 감당하기 어려울 만큼 힘에 겨운 것이었다.

그런데 이 사연을 들은 회당 문지기가 랍비의 대표에게 나와
자기가 유대인을 대표해서 그 논쟁에 나가겠다고 자원했다.
"그 문지기가? 말도 안 됩니다!"라고 다른 랍비들이 말했다.
"글쎄요. 우리들 중에서는 누구도 나가려 들지 않으니, 그 문
지기가 나가든지 아니면 논쟁을 포기해야 할 것입니다."라고 대
표자 격인 랍비가 말했다.
이렇게 해서 그 문지기가 교황과 논쟁을 하도록 선정되었다.

역사적인 날이 되자, 추기경들에게 둘러싸인 교황은 성 베드
로 광장의 교황석에 앉아서 수많은 주교들, 신부들, 신자들을 바
라보고 있었다.
곧이어 검은 옷차림에 수염을 늘어뜨린 유대인 대표단이 한가
운데에 그 문지기를 앞세우고 도착했다.

논쟁은 교황이 그 문지기에게 얼굴을 돌리면서 시작되었다.
교황이 엄숙하게 손가락 하나를 쳐들어서 하늘을 가로질러 선
을 긋자, 문지기는 재빨리 손가락을 땅을 향해 힘있게 가리켰다.
그러자 교황은 뭔가 놀라는 기색이었다.

교황은 한층 더 엄숙하게 손가락 하나를 다시 쳐들어서 문지기의 얼굴에 단호하게 대고 있었다. 문지기가 즉시 세 손가락을 들어 교황 앞에 똑같이 단호하게 들고 있자, 교황은 또다시 얼굴에 놀라는 기색을 숨기지 못했다.

곧이어 교황은 옷 속에 손을 넣더니 사과 하나를 꺼냈다. 그러자 문지기는 자기 종이 봉지에 손을 넣어서 누룩을 넣지 않고 구운 납작한 빵을 하나 꺼내는 것이었다. 여기까지 진행되자 교황은 큰 소리로 말했다.

"유대인 대표가 논쟁에 이겼습니다. 추방령은 취소입니다."

유대인 지도자들은 재빨리 그 문지기를 에워싸더니 눈 깜짝할 새 그를 데리고 가버렸고, 깜짝 놀란 추기경들은 교황 주위로 몰려들었다.

"아니, 도대체 어떻게 된 것입니까? 빠르고 열띤 그 논쟁을 우리는 도저히 따라갈 수 없었습니다."하며 그들이 물었다.

교황은 이마의 땀을 닦으며 말했다.

"그 사람은 훌륭한 신학자요, 논쟁의 도사입니다.

내가 온 우주는 하느님께 속한다는 것을 암시하면서 하늘을 가로질러 손을 움직이는 것으로 시작하자, 그는 손가락을 아래로 가리키면서 사탄이 주권을 갖고 통치하는 지옥이라는 장소가 있음을 상기시켰습니다.

그래서 나는 하느님은 오직 한 분이라는 것을 의미하며 손가락 하나를 쳐들었지요. 그런데 그가 세 손가락을 쳐들어서 한 분이신 하느님은 스스로를 동등하게 세 위로서 나타내신다는 것을 암시하였습니다. 그리고 우리 자신의 교의인 삼위일체에 동의하는 손짓을 했을 때, 나는 감당키 어려울 정도로 충격이었습니다.

나는 이 신학적 천재를 이기기 어렵다는 것을 깨닫고 논쟁의 영역을 바꿨습니다.

사과 하나를 꺼내어 신식 사고방식에 따르면 지구는 둥글다는 것을 암시했지요. 그러자 그는 즉시 누룩을 넣지 않고 구운 납작한 빵을 한 조각 꺼냄으로써 성서에 의하면 지구는 납작하다는 것을 암시했습니다. 그러니 그의 승리를 인정할 수밖에요."

한편 유대인들은 회당에 도착하자마자 문지기에게 어떻게 된 것인지를 물었다.

"죄다 별거 아니었어요."하고 문지기는 심통이 나서 말했다.

"처음에 교황이 손짓을 하며 모든 유대인들은 로마에서 나가라는 시늉을 하더군요. 그래서 나는 손가락을 아래로 가리켜 우리는 꼼짝도 안할 거라는 걸 분명히 암시했죠.

그러자 그는 건방지게 굴지 말라는 것처럼 위협하는 손가락질을 했어요. 그래서 나는 그가 우리를 추방하는 것은 세 배나 더 주제 넘는 짓이라며 세 손가락으로 그를 가리켰죠. 그 다음에는 그가 자기 점심을 꺼내기에 나는 내 점심을 꺼냈지요."

아기를 낳고 싶어요!

미국에서 살고 있는 한 난민 가족은 미국에 대해 대단히 좋은 인상을 받았다. 특히 여섯 살짜리 딸 마리아는 미국의 모든 것이 최상일뿐더러 완전하다는 생각에 심취해버렸다.

어느 날 어린 마리아는 한 이웃 부인으로부터 곧 아기가 태어날 것이라는 말을 듣게 되었다. 마리아는 서둘러 집으로 가서 왜 자기는 아기를 가질 수 없느냐고 어머니를 귀찮게 하기 시작했다.

딸에게 이 기회에 바로 성교육을 해주려고 마음먹은 어머니는 무엇보다도 특히 아기가 태어나기까지 9개월 가량의 시간이 걸린다는 것을 설명해주었다.

"아홉 달이나요?"하고 마리아는 화가 나서 외쳤다.

"하지만 엄마, 혹시 이곳이 미국이란 걸 깜빡하신 건 아니에요?"

33
음악감상

중국 식당에서 음악을 감상하던 한 무리의 사람들이 있었다.

어느 순간 어렴풋이 귀에 익은 곳이 연주되기 시작했는데, 모두들 그 곡에 친밀감을 느꼈지만 그 곡명을 기억해내는 사람이 아무도 없었다.

그래서 그들은 멋진 옷차림의 웨이터를 손짓으로 불러 그 연주자가 연주하고 있는 것이 무엇인지 알아오라고 부탁했다.

웨이터는 식당 홀을 가로질러 느릿느릿 걸어가다가, 이내 의기양양한 빛을 만면에 가득 띠고 돌아와서는 선언하듯 속삭였다.

"바이올린이래요."

영성에 대한 학자의 기여!

하느님과의 골프 시합

어느 일요일 아침, 하느님과 성 베드로는 예배 시간을 마치고서 골프를 치러 나갔다. 하느님께서 먼저 시작하셨는데, 엄청난 강타를 날렸기에 골프공이 그만 페어웨이 옆에 있는 러프 속으로 날아가 버렸다.

공이 막 땅에 떨어지려는 순간, 수풀 속에서 나타난 토끼가 그 공을 입에 물고는 페어웨이를 달려 내려갔다. 그런데 갑자기 독수리 한 마리가 공격해 오더니 그 토끼를 발톱으로 움켜잡고 들판 위로 날아갔다. 독수리가 공중으로 채 높이 뜨기도 전에 소총을 든 한 남자가 그 독수리를 쏘았다.

독수리는 토끼를 놓아버렸고, 토끼는 골프장 잔디 위에 떨어졌으며, 토끼 입에서 떨어져 나온 공이 홀 속으로 들어갔다.

속이 상한 베드로는 하느님을 돌아보며 외쳤다.

"어서 골프나 시작하세요! 골프를 하러 나오신 거예요, 아니면 놀러 나오신 거예요?"

당신은 어떤가?
삶이라는 게임을 받아들여 그 게임을 하고 싶은가,
아니면 기적들이나 바라며 놀고 싶은가?

문짝

"자네, 그 문짝을 어디다 쓰려고 떼어 들고 나왔나?"

"으응, 이거? 우리집 현관문인데, 열쇠가 없어져서 새 열쇠를 맞추려고."

"그래? 그 문 잃어버리지 않도록 조심해야겠군."

"그래서 미리 창문을 하나 열어두고 나왔다네."

멍청한 링컨

한 공직자를 기쁘게 해주고 싶은 링컨이 보병연대의 이동을 명령한 적이 있다.

당시 국방부 장관이었던 스탄턴은 대통령의 명령이 크게 잘못되었다고 판단하고 그 명령을 따르지 않았다. 그뿐 아니라 '멍청한 링컨'이라며 그를 비난하기까지 했다.

링컨은 다른 사람으로부터 그 말을 전해 들었을 때 이렇게 말했다.

"스탄턴이 그랬다면 그건 맞는 말일 거요. 그는 거의 틀린 판단을 하는 일이 없소. 그러니 내 명령을 연기하고 결과를 지켜보겠소."

그리하여 스탄턴으로부터 그 명령의 잘못된 점을 논리적으로 설명 받은 링컨은 그 명령을 취소했다.

다른 사람들의 의견에 귀를 기울일 줄 아는 것이 바로 링컨의 위대함 중 하나였다.

37
독이 든 음식

어느 시골의 아름다운 호수를 감상하러 온 관광객들에게 부득이한 사정으로 인해 오래된 음식이 지급되었다.

음식을 받아든 그들은 혹시나 싶어서 그 음식을 먹기 전에 먼저 개에게 시식을 시켜보았다. 그러나 그 개는 게걸스럽게 음식을 먹어치웠고, 아무런 이상이 없이 멀쩡했다.

그런데 다음날 음식을 먹었던 그 개가 죽어있는 것이었다. 그것을 본 사람들은 매우 놀라고 당황해서 어찌 할 바를 모르고 쩔쩔 맸다. 그리고 많은 사람들이 구토를 하기 시작했고, 열이 나고 이질에 걸렸다고 호소했다.

결국 환자를 치료하기 위해 의사가 달려왔고, 의사는 진료에 앞서 개에게 일어난 일을 다시 조사해보기로 했다.

그때 어떤 한 사람이 그에게 오더니 다음과 같이 말했다.

"아, 그 개요? 차에 치어 죽었길래 도랑에 내다 버렸는데요."

혼동

어느 공연의 무대 장치 팀이 무대에 마지막 손질을 하기 위해
한창 일을 하고 있었다. 그 때문에 합창단은 너무나 어수선한 속
에서 최종 연습을 하고 있었다.

그 중 한 사람이 어찌나 크게 망치질을 하던지, 마침내 그 시
끄러운 소음을 견딜 수 없게 된 지휘자는 지휘를 멈추고 호소하
듯이 그를 쳐다보았다.

그러자 그 일꾼은 유쾌한 목소리로 대답했다.

"그냥 계속하십시오, 지휘자 선생님. 저한테는 조금도 방해가
안 되니까요."

❦

호텔에서 샤워를 마친 한 부인이 알몸으로 나와서 막 수건을
집으려는데, 자신의 알몸을 멋있다는 듯이 밖에서 빤히 쳐다보
는 창문 닦는 남자와 마주쳤다.

예기치 못한 상황에 소스라치게 놀란 부인은 그저 입만 벌린
채 꼼짝도 않고 서서 그 남자를 쳐다보았다.

그러자 그 남자는 아무렇지도 않은 듯 이렇게 말하는 것이었다.

"왜 그러십니까, 부인? 전에 창문 닦는 사람을 본 적이 없으십
니까?"

39
히피

　어떤 남자가 버스를 탔다. 옆자리에는 히피임이 확실한 젊은 이가 앉아 있는데, 그는 특이하게 구두를 한 짝만 신고 있는 것이었다.

　"여보게, 구두 한 짝을 잃어버린 게 틀림없군 그래."

　"그게 아니에요. 한 짝을 찾은 거예요."

내 판단이 분명하다는 것,
그것이 반드시 사실일 수만은 없다.

이 홍당무는 내 것이라구!

천사들이 어느 죽은 노 부인을 심판석으로 데리고 갔다.

심판관이 그 부인에 대한 이승의 기록들을 살펴보자, 딱 한 번 굶주린 거지에게 홍당무를 주었을 뿐, 그 외에는 아무런 자비를 베푼 적이 없었음이 드러났다.

그러나 단 한 번의 자비라도 그 가치가 소중히 인정되었고, 홍당무의 힘에 의해 그 부인은 천국으로 인도되도록 결정되었다. 심판관은 그 홍당무를 가져오게 하여 부인에게 주었다.

부인이 홍당무를 손으로 잡자, 그 홍당무는 어떤 보이지 않는 힘에 의해 당겨지듯 위로 올려졌고, 따라서 부인도 천국을 향하여 올라가게 되었다.

그때 한 거지가 나타나더니 부인의 옷자락을 움켜쥐고서 함께 따라갔다. 그리고 다음에 나타난 사람이 거지의 발을 잡았고, 그 역시 올라가게 되었다.

어느새 그 홍당무로 인해 천국으로 올라가는 사람들이 길게 줄을 이루었다. 그러나 그 부인은 천국을 올려다보고 있었으므로 자기 밑에 붙어 올라오는 사람들을 보지 못했고, 또한 이상한 힘 때문에 그들의 무게도 느끼지 못했다.

점점 올라가 천국의 문턱에 이르자 부인은 마지막으로 땅의 모습을 보려고 밑을 내려다 보았다.

그때 부인은 자기 밑으로 줄지어 매달려 있는 많은 사람들을 보게 되었다. 그러자 그만 화가 난 노 부인은 거만한 손짓을 해 대며 말했다.

"모두들 놔요, 놔. 이 홍당무는 내 것이라구!"

거만하게 손을 내젓던 부인은 그만 홍당무를 놓쳐버렸고, 그 밑의 다른 모든 사람들과 함께 아래로 떨어져 버렸다.

세상의 모든 악에는
오직 한 가지 원인만이 있을 뿐이다.
"내 것이다"라는.

42

어떤 보고서

기차에서 일어난 살인 사건에 대한 보고서를 다음과 같이 작성한 철도원이 있었다.

"플랫폼에서 객차로 들어온 살인범은 희생자를 다섯 번 깊숙이 찔러 치명상을 가한 다음, 맞은편 문을 통해서 선로 위로 뛰어내렸음.

따라서 철도 규정을 어겼음."

낙하산병의 두려움

어느 칵테일 파티에서 한 여인이 어떤 젊은이에게 물었다.
"어떤 직업을 갖고 계시죠?"
"낙하산병입니다."
"낙하산에서 뛰어내리려면 무척 겁이 나시겠어요?"
"글쎄요, 솔직히 말하자면 겁이 나는 순간들이 있지요."
"두려움을 느꼈던 경험을 좀 들려주시겠어요?"
"그러죠."하고 낙하산병은 말했다.

"언젠가 어떤 잔디밭 위에 내렸는데, 거기에 '잔디밭에 들어
가지 마시오.'라는 경고문이 있었을 때였다고 생각됩니다."

옷을 간직할 수 있는 방법

자기 제자의 영적 진보에 매우 감명을 받은 스승이 있었다. 스승은 이제 그 제자는 더 이상 자기에게 배울 것이 없다고 판단하여, 그를 어느 강둑 위에 있는 작은 오두막에 남겨두고 떠났다.

그 제자는 매일 아침이면 목욕재계를 한 다음 자신의 유일한 소유물인 허리에 두르는 간단한 옷을 널어 말렸다.

그런데 어느 날, 어처구니없게도 쥐들이 그 옷을 갈기갈기 찢어놓았다. 그래서 그는 할 수 없이 마을 사람들에게 다른 옷을 구걸해야 했다.

하지만 그 옷마저 쥐들이 갉아 구멍을 내자, 그는 새끼 고양이를 한 마리 구했고, 이제 쥐 때문에 생기는 문제는 해결이 되었다. 그런데 이번에는 자기 양식만이 아니라 고양이를 위해 우유도 함께 구걸해야 했다. 그리하여 그는 생각했다.

'매번 이렇게 구걸을 하는 것도 너무 힘들군. 마을 사람들에게 면목이 없으니 말이야. 차라리 내가 암소를 키우는 게 낫겠어.'

암소를 갖게 되자, 이번에는 암소를 먹일 꼴을 구걸해야 했다.

그리하여 마침내 그 제자는 '내 오두막 주위에 있는 땅을 일구는 게 차라리 쉽겠다.'하고 생각하고 집 주변 땅을 일구기 시작했다. 그러나 그러다보니 묵상할 시간이 거의 없게 되었고, 그는 자기 대신 그 땅을 일굴 일꾼을 고용했다.

어느덧 일꾼들을 감독하는 일이 또 힘에 부치게 되자, 자기와 더불어 살며 이 일을 거들어줄 어떤 여인과 결혼을 했다.

그리하여 열심히 일한 그는 얼마 지나지 않아 그 마을에서 제일가는 부자들 중 하나가 되었다.

몇 년이라는 세월이 흐른 뒤, 그를 두고 떠났던 스승이 돌아오는 길에 그곳을 다시 들르게 되었다. 스승은 한 때 오두막 하나만 덩그러니 서 있던 그 자리에 으리으리한 집이 서 있는 것을 보고 매우 놀랐다. 그는 어찌된 영문인지 알아보기 위해 하인 한 사람에게 말했다.

"이곳이 내 제자가 살던 그 오두막집이 있던 곳이 아닌가?"

그가 채 대답을 듣기도 전에 그 제자가 나타났다.

"여보게, 이게 도대체 어떻게 된 것인가?"하고 스승은 물었다.

그러자 그가 대답했다.

"믿기지 않으실 겁니다, 스승님. 하지만 제 옷을 간직하려면 어쩔 도리가 없었습니다!"

46

까만 풍선

시골의 한 길가에서 기구를 설치해놓고 풍선을 파는 아저씨가 있었다.

그런데 언제부터인지 알 수 없으나 한 흑인 어린아이가 그 아저씨의 풍선을 지켜보고 서 있었다.

풍선을 파는 그 아저씨는 장사수완이 보통 좋은 것이 아니었다. 그 아저씨는 아이들의 관심을 끌기 위해 풍선을 공중으로 날려보내곤 했는데, 아이들은 그 풍선을 잡으려고 몰려들곤 했다.

아저씨는 빨간 풍선을 날려 보내고 난 후, 파란 풍선과 노란 풍선을 계속해서 공중으로 띄웠다. 풍선들은 저 하늘 높이 날아오르더니 마침내 서서히 하늘 속으로 사라지고 말았다.

그때 한동안 지켜서서 까만 풍선을 보고 있던 흑인 아이가 풍선장수 아저씨에게 물었다.

"아저씨, 저기 저 까만 풍선도 아저씨가 띄워 보내면 다른 것들처럼 높이 날아갈 수 있나요?"

그러자 그 아저씨는 알겠다는 듯 미소를 머금고는 까만 풍선을 매고 있던 실을 풀었다. 그러자 그 풍선은 저 하늘 높이로 날아가기 시작했다.

"애야, 풍선이 하늘 높이 날 수 있는 건 그 색깔 때문이 아니라, 바로 풍선 안에 든 수소라는 것 때문이란다."

현대적인 아이

한 아버지가 자기 아이들이 음악에 열중할 수 있도록 피아노를 한 대 사주었다.

어느 날 저녁, 퇴근해 집에 돌아온 그는 피아노 옆에서 골똘히 생각에 잠겨있는 아이들의 모습을 보았다.

드디어 그 아이들은 아버지에게 다가와서 물었다.

"아빠, 이거 플러그는 어떻게 꽂지요?"

❀

도시에서 태어나 줄곧 도시에서만 살아온 한 아이가 어느 날 처음으로 시골에 갔다. 길가에 서 있던 그 아이는 마차를 끌고 상점에 들어가는 어떤 아저씨를 보았다.

그 아이는 난생 처음으로 구경하는 그 동물을 매우 신기하다는 듯 쳐다보았다.

얼마 후, 상점에 들어갔던 그 아저씨가 나와 마차에 올라타고는 막 출발하려고 할 때였다.

"아저씨!"하며 그 아이가 소리쳤다.

"알려드려야 할 것 같아 말씀 드리는 건데요. 저것의 연료를 하나도 넣지 않았잖아요."

소년의 마음

일본을 방문한 한 관광객이 골프장에 갔는데, 그곳에서는 대부분 여자들이 캐디를 봤다.

하루는 그가 골프 코스에 늦게 도착하는 바람에 남아있는 여자 캐디들이 하나도 없어, 결국 열 살 난 어린 소년을 캐디로 써야 했다. 그 소년은 골프의 코스나 게임에 대해서는 전혀 알지 못할 뿐 아니라, 영어라고는 단 세 단어밖에 알지 못했다.

그러나 관광객은 그 세 단어 때문에 거기 머무는 동안 줄곧 그 아이를 캐디로 부르곤 했다.

그가 공을 칠 때마다 그 꼬마 친구는 결과와는 상관없이 발을 구르며 감격해서 외쳤다.

"정말 잘도 치네! (Dammed good shot!)"

❀

어떤 한 부인에게는 열다섯 살 난 아들이 있었다. 아들은 어머니와 외출을 할 때면 언제나 저만치 앞서 걸어가면서 어머니를 상심케 했다.

'제 어미를 부끄럽게 여기는 걸까?'하고 생각한 부인이 어느 날 아들에게 서운해 하며 따졌다. 그러자 아들은 무안해하며 말했다.

"아, 아니에요, 엄마. 그냥 엄마가 너무 젊어보여서 친구들이 내가 새 여자 친구를 사귄 줄로 의심할까봐 그런 거예요."

부인의 서운함은 어디론가 감쪽같이 사라져 버렸다.

❀

한 소녀가 병에 걸려 죽어가고 있었다. 그 병은 여덟 살 난 소녀의 오빠가 일전에 걸렸다 살아난 병이었다.

의사가 소년에게 말했다.

"네 피를 동생에게 조금 나누어 줘야겠구나, 어때 괜찮겠지?"

소년은 눈을 휘둥그레 뜨고는 잠시 망설이더니 드디어 말했다.

"좋아요, 선생님. 그렇게 하겠어요."

수혈이 끝나고 한 시간 쯤 지난 후에 소년이 말을 더듬으며 물었다.

"저, 선생님. 저는 언제쯤 죽게 되나요?"

그제서야 의사는 그 소년이 느꼈던 순간적인 공포를 이해했다.

그 아이는 자기의 피를 동생에게 줌으로써, 동생 대신 자기의 생명을 바치는 줄로 생각했던 것이다.

사실이 된 소문

1946년 여름, 남미의 어느 나라에 기근 소문이 한 지방을 휩쓸었다. 그러나 사실상 농작물들은 잘 자라고 있었고, 기후도 많은 양의 수확을 내기에 안성맞춤이었다. 그런데도 그런 소문에 영향을 받아 2만 명의 소농작민들이 농지를 포기하고 달아났다.

그들의 그런 행동 때문에 농사는 실패했고, 수천 명이 굶주리게 되었다. 결국 기근 소문은 사실이었음이 입증되었다.

사냥꾼과 비행기

두 명의 사냥꾼이 비행기를 세내어 타고 숲 지역으로 갔다. 보름 뒤에 다시 그들을 데리러 온 조종사는 그들이 잡아놓은 동물들을 보고서 말했다.

"이 비행기는 야생 들소 한 마리밖에 실을 수 없습니다. 다른 놈은 두고 가셔야 되겠습니다."

"하지만 작년에도 이것과 똑같은 크기의 비행기였는데, 그때는 조종사가 두 마리를 싣고 가게 했는걸요."라고 사냥꾼들은 주장했다.

조종사는 내심 미심쩍었으나 결국 그들의 주장을 수락했다.

"글쎄요, 작년에 그렇게 하셨다면 할 수 없죠. 한 번 해봅시다."

그래서 그 비행기는 세 남자와 들소 두 마리를 싣고 떠났다. 그러나 비행기는 높이 뜰 수 없었고, 결국 근처 언덕에서 추락했다. 비행기에서 겨우 빠져나온 세 사람은 주위를 둘러보았다. 사냥꾼 하나가 다른 사냥꾼에게 말했다.

"우리가 어디에 있는 것 같은가?"

그러자 주위를 둘러보던 다른 사냥꾼이 말했다.

"내 추측이 맞다면, 우리가 작년에 추락했던 곳에서 왼쪽으로 2마일 정도 되는 지점인 것 같군."

비율

음식점을 경영하는 나스루딘은 말고기를 닭고기 커틀릿에다 섞어 팔고 있다는 죄로 고발되어 법정에 서게 되었다.

재판관은 선고를 하기에 앞서 닭고기와 말고기를 섞은 비율을 물었다.

나스루딘은 진실만을 말할 것을 선서하고 나서 대답했다.

"50대 50입니다, 재판관님."

재판이 끝나고 나자 한 친구가 그에게 어떻게 섞는 것이 정확히 50대 50인가를 물었다. 그러자 나스루딘이 말했다.

"말 한 마리에 닭 한 마리지."

❁

백 명의 벌목꾼들이 6개월간 한 팀이 되어 숲에서 일을 하게 되었다. 그리고 그곳에는 그들의 식사와 빨래를 해결해주는 여인이 두 명 있었다.

그 일을 마칠 때 쯤, 그 남자들 중 두 명이 그 두 여인과 각각 결혼을 하게 되었다.

그 지방 신문에 보도된 기사에 의하면, 그 벌목꾼들 중 2 퍼센트가 100퍼센트의 그 여인들과 결혼했다고 했다.

제 2 장

거북이의 장례식

내가 마음을 쓰는 것은 바로
네가 아니라
너를 사랑하는 데서 맛보는
나의 가슴 벅찬 희열이다.

우물 안 개구리

평생을 우물 밖으로 나와 보지 않은 개구리가 있었다. 어느 날 다른 개구리가 자기 우물 안에 와 있는 것을 보고는 매우 놀라서 물었다.

"넌 어디서 왔지?"

"바다에서 왔지. 거기가 내가 사는 곳이야."하고 불청객 개구리가 말했다.

"바다라고? 그건 어떻게 생겼니? 내 우물만큼 커?"

바다에서 온 개구리가 웃으며 말했다.

"비교도 안 돼."

우물 안 개구리는 자기 손님이 말하는 바다에 대한 이야기에 관심을 보이는 척했지만 속으로는 이렇게 생각했다.

'내 평생에 이렇게 뻔뻔스럽고 굉장한 거짓말쟁이는 처음이야!'

우물 밖을 나와 보지 않은 개구리에게
과연 어떻게 바다에 대한 이야기를 할 수 있겠는가?
마찬가지로,
관념론자에게
실재에 관한 이야기를 어떻게 믿게 할 수 있겠는가?

국경선

　러시아와 핀란드 사이의 국경이 변경되었다. 그런데 한 나이 많은 농부가 변경된 국경선이 자신의 땅 한가운데로 그어지게 되었다는 통보를 받게 되었다.

　이것은 농부의 농토를 두 나라 중 자신이 원하는 나라에 속하게 할 수 있다는 것이었다.

　나이 많은 농부는 신중하게 생각해서 결정하고 싶어 했고, 몇 주일이 지난 후 그는 드디어 핀란드를 선택했다.

　몹시 기분이 상한 러시아의 관리들은 그에게 찾아와 핀란드를 포기하고 러시아를 선택할 경우 그에게 유리한 점들을 설명하며 그를 설득했다.

　그러자 그들의 이야기를 다 듣고 난 뒤, 그 농부는 말했다.

　"저도 그 말씀에 동의합니다. 사실 저는 죽을 때까지 러시아에 살고 싶었지요. 그러나 내 나이로는 도저히 러시아의 그 혹독한 겨울을 또 한 번 견디기는 불가능할 것 같거든요."

여자친구

한 상점의 점원이 어떤 청년에게 화려한 색상의 바지를 하나 팔았다. 점원이 보기에 그 청년은 그 물건에 매우 흡족해하는 것 같았다.

그런데 이튿날 다시 상점을 찾아온 그 청년은 어제 산 바지를 다른 것으로 바꾸고 싶다고 했다.

"제 여자친구가 마음에 들지 않는대요."

일주일이 지난 어느 날 그 청년은 매우 즐거운 얼굴로 와서는 그 바지를 다시 사고 싶다고 했다.

"여자친구가 마음을 바꾸었나보군요?"하고 상점 점원이 묻자 그가 대답했다.

"아뇨, 여자친구를 바꿔버렸어요."

❀

어머니 : "네 여자친구는 너의 어떤 점을 좋아하니?"

아들 : "그 애는 나를 미남이라고 생각할뿐더러 똑똑하고 춤솜씨도 뛰어나다고 생각하거든요."

어머니 : "그럼 넌 그 여자친구의 어떤 점이 마음에 드니?"

아들 : "나를 그렇게 생각하는 바로 그 점이지요."

한 조각의 빵

매일이다시피 어느 레스토랑을 찾아오는 단골 손님이 있었다. 그 레스토랑의 지배인은 그 손님의 서비스에 특별히 신경을 썼다.

어느 날, 그 손님이 식사를 하던 중 빵을 한 조각만 주는 것에 대해 못마땅한 표시를 하자, 지배인은 빨리 웨이터를 시켜 빵 네 조각을 서비스했다.

그러자 그 손님이 말했다.

"고맙기는 하오, 그렇지만 만족스럽진 않소. 난 빵 먹는 것을 매우 좋아하오. 그것도 조금이 아닌 많은 양의 빵 말이오."

이튿날, 저녁식사를 하러 그가 오자 웨이터는 빵 12조각을 내왔다. 그런데 그 손님은 또 못마땅해하는 것이었다.

"고맙구려. 그렇지만 당신네들은 여전히 인심이 좋지 않군 그래. 그렇게 생각하지 않소?"

그래서 다음에는 한 바구니 가득 담은 빵을 내왔지만 그 손님은 여전히 만족해하지 않았다.

그러자 매우 화가 난 지배인은 그 손님의 코를 납작하게 해주려고 매우 커다란 빵을 특별히 주문해 구워놓았다. 그 빵은 6피

트(1피트는 대략 30센티미터)나 되는 길이에 3피트 두께의 대
형 빵이었다.

지배인은 그 손님이 오기를 기다렸다가 두 명의 웨이터를 동
원하여 몸소 손님의 테이블로 가져왔다. 물론 테이블도 하나로
는 어림도 없어 몇 개를 붙여 놓아야만 했다. 그리고 지배인은
그 손님의 반응을 기대하며 서 있었다.

그런데 그 거대한 빵을 뚫어져라 쳐다보던 그 손님은 드디어
고개를 들더니 지배인에게 내뱉듯이 말했다.
"다시 한 조각으로 돌아왔군요!"

촛불을 밝히는 것은 좋은 일이다.
하지만 어둠을 저주하는 것도
꽤 재미있는 일이다.

60
어긋난 결과

동기부여에 대한 세미나를 마치고 막 돌아온 한 사장이 그의 사원을 사무실로 불러 말했다.

"지금부터는 자네가 스스로 책임감을 갖고 일을 처리하도록 하게. 그렇게 하는 것이 생산성을 높여주는 동기가 될 것이라고 난 확신하네."

"그러면 봉급이 인상되는 겁니까?"하고 사원은 말했다.

"아니, 아니야. 돈은 전혀 동기를 부여할 수 없어. 봉급이 인상된다고 해서 자네가 어떤 충족감을 느끼는 건 아닐세."

"그럼 생산성이 향상된다면, 그때 봉급이 오를까요?"

"이봐, 자네는 동기부여에 대한 이론을 전혀 이해하지 못하는 군 그래. 이 책을 한 번 읽어보게. 그곳에 동기부여의 가장 중요한 요소가 설명되어 있을 걸세."

그 사원은 책을 들고 나가다가 걸음을 멈추더니 물었다.

"제가 이 책을 읽으면, 봉급이 인상될까요?"

❀

어떤 부부에게 세 살짜리 아들이 있었다. 그런데 이 아들이 새로 태어난 아기를 상대로 질투를 하기 시작했고, 부부에게는 큰 걱정거리가 되었다.

그들은 아동심리에 대한 책을 읽게 됐고, 드디어 자신만만해졌다.

꼬마가 유난히 동생에게 심술궂게 굴던 어느 날 어머니가 아들에게 말했다.

"이 아기 곰을 가지렴, 얘야. 그리고 네가 아가에게 하고 싶은 대로 하렴."

그 책에 의하면 꼬마는 아가 대신에 장난감 곰에게 화풀이를 하며 때리고 발로 차기로 되어 있었다.

그러나 그 세 살짜리 아들은 뛸 듯이 기뻐하며 그 곰 인형의 다리를 붙잡더니, 아기한테로 다가가 그 곰 인형으로 아기의 머리를 마구 때리는 것이었다.

❦

"자네 자전거를 팔았던데 그래?"

"팔았지."

"얼마에 팔았나?"

"30달러."

"제 값을 받았군 그래."

"그래. 하지만 그 사람이 돈을 주지 않을 줄 알았더라면 60달러를 부를 걸 그랬어."

시장의 명예

어떤 신문사의 기자가 그 도시의 시장에 대한 시민들의 평가를 인터뷰하고 있었다.

주유소의 직원이 말했다.
"그 사람 순 거짓말쟁이에다 사기꾼이오."
학교 교사가 말했다.
"그 작자! 오만함으로 가득 찬 자요."
약사가 말했다.
"난 지금껏 투표할 때마다 그를 찍어본 적이라곤 없소."

끝으로 시장과 인터뷰를 할 때, 그는 시장에게 봉급은 얼마나 되는지 물었다.
"거 무슨 소리요? 난 봉급은 받지 않소."하고 시장이 큰 소리로 말했다.
"그런데 무엇 때문에 시장 자리를 지키고 있습니까?"하고 기자가 묻자 시장이 대답했다.
"그건 바로 내 명예 때문이지요."

여자의 마음

품팜프톤 아가씨는 남자친구가 늦은 저녁 시간에 방문을 하자 하녀에게 꽤 많은 팁을 주면서 말했다.

"자, 이걸 받아라. 그리고 내가 도움을 청하며 크게 소리치거든, 그 때는 그냥 집에 가서 쉬어도 괜찮아."

🍀

깊은 밤 존과 메리가 함께 길을 가고 있었다. 그런데 갑자기 메리가 말했다.

"존, 나 너무 무서워."

"무섭긴 뭐가 무서워?"

"네가 키스할까봐서 그러지."

"바구니를 양쪽 손에 모두 들고, 게다가 양쪽 겨드랑이에 닭을 끼고 가는데, 내가 어떻게 너에게 키스한다고 그러니?"

"으응, 네가 그 닭들을 손에 든 바구니에 담은 다음 내게 키스할까봐서."

히피가 아니라구요?

한 젊은이가 몹시 심각한 얼굴로 정신과 진료실을 찾았다.

마리화나를 피우고 있는 그 청년은 목에 사랑의 목걸이를 하고 있었고, 단이 너덜너덜한 나팔바지를 입고 있었으며, 머리는 어깨까지 내려오는 장발이었다.

그를 치료하기 위해 들어온 정신과 의사가 말했다.

"당신은 자신을 히피가 아니라고 주장하는데, 그렇다면 당신의 그 옷과 머리, 그리고 마리화나에 대해서는 어떻게 설명할 수 있습니까?"

"저 역시 바로 그게 궁금해서 여길 찾은 겁니다, 선생님!"

사물을 아는 것은
박식하게 되는 것이요,
다른 사람들을 아는 것은
지혜롭게 되는 것이며,
자기 자신을 아는 것은
깨달음을 얻게 되는 것이다!

불운한 조개

바다 밑바닥까지 떨어져 나온 진주 한 알이 바위 틈새에 끼여 있는 것을 본 조개는, 안간힘을 다해 그 진주를 꺼내 바로 자기 옆 해초 위에다 놓아두었다.

인간들이 진주를 찾는다는 것을 알고 있는 조개는 생각했다.
"그들은 틀림없이 이 진주에 정신을 뺏길 거야. 그래서 진주는 가져가고 나는 신경쓰지 않을테지."

그러나 정작 진주잡이가 나타났을 때, 불행하게도 그의 눈은 해초 위에 놓아둔 진주가 아니라 조개들을 찾도록 길들여져 있었다.
그래서 진주알 같은 것은 하나도 품고 있지 않은 조개는 잡혀 갔고, 그 진주는 다시 바위 틈새로 굴러 떨어질 수 있게 되었다.

우리는 봐야 할 곳을 정확히 안다.
바로 그 때문에
신(神)을 찾지 못하고 만다.

물 위를 걷는 개

어떤 사람이 새로 구입한 사냥개를 시험해 보고자 데리고 나갔다. 그가 오리 한 마리를 쏘아 호수에 떨어뜨리자, 그 개는 물 위로 걸어가서 오리를 물어왔다. 주인은 놀라서 어리둥절해졌다.

그는 오리를 또 한 마리 쏘았다. 그가 믿기지 않아 눈을 부비고 있는 동안, 그 개는 또 한번 물 위를 걸어가 오리를 물어오는 것이었다.

그는 직접 눈으로 보면서도 도무지 믿기지 않아서 다음날 이웃 사람을 불러 같이 사냥을 나갔다. 그와 그 이웃이 새를 쏘아 맞힐 때마다, 그 개는 물 위를 걸어가서 그 새를 물어오는 것이었다.

그런데도 그는 아무 말도 안했고, 그의 이웃도 아무 말이 없었다. 드디어 참다못한 그가 불쑥 말해버렸다.

"저 개한테서 뭔가 이상한 점을 발견하지 못했습니까?"

그 이웃 사람은 곰곰이 생각하는 듯이 턱을 문지르더니, 드디어 말했다.

"그래요, 바로 그렇군요. 저 멍청한 녀석은 헤엄칠 줄을 모르는군요!"

삶은 아무런 기적도 없는 듯한 게 아니다.
그 이상이다.
삶은 기적이다.
삶을 더 이상 당연한 것이라 여기지 않는 사람은
누구나 그 기적을 보게 될 것이다.

좌우명

어떤 거지가 갑자기 지나가던 사람의 소매를 부여잡으며 커피 한 잔 마실 돈을 구걸했다.

그 거지가 커피 한 잔을 구걸하기 위해 늘어놓은 이야기는 다음과 같았다.

"선생님, 한때는 저도 선생님처럼 부유한 사업가였답니다. 저는 하루 종일 열심히 일했습니다. 책상 위에는 이런 좌우명이 놓여있었지요.

'창의적인 사고를 하라, 단호하게 행동하라, 모험 속에 살아라.'

저는 이 좌우명을 그대로 실행했고, 돈은 계속해서 불어났습니다. 그런데… 그런데……

(거지는 어깨를 들먹이며 흐느꼈다.)……

청소부 아주머니가 그만 쓰레기와 함께 내 좌우명까지 내다 버렸지 뭡니까."

말을 통해 먹고 사는,
말로 사는 사람들은
말이 없어진다면
끝장이 나고 말 것이다.

거북이의 장례식

애완용 거북이를 갖고 있는 어린 소년이 있었다. 어느 날 그 소년은 죽은 듯이 연못가에 벌렁 나자빠져 있는 거북이를 보고 매우 상심했다.

매우 슬퍼하는 소년을 본 소년의 아버지는 최선을 다해 아들을 위로했다.

"울지 말아라, 애야. 거북이의 장례식을 멋지게 치러주면 되지 않겠니? 작은 관을 하나 만들고 그 안은 비단으로 깔아 주자꾸나. 장의사도 부르고, 거북이의 이름을 새긴 묘비도 세워주자. 그리고 향기로운 꽃을 가지고 매일매일 그 무덤을 찾아가자. 무덤 주위에는 작은 말뚝으로 울타리도 쳐주고 말이야."

소년은 울음을 그쳤고, 그 장례식 준비에 정신을 빼앗겼다. 모든 준비가 완료되자 소년의 아버지와 어머니, 하녀와 꼬마 상주가 거북이의 시체를 가지러 연못으로 엄숙하게 걸어갔다.

그런데 찾는 시체는 보이지 않고, 갑자기 연못 한가운데서 거북이가 솟아오르더니 즐거운 듯이 헤엄쳐 다니는 것이었다. 매우 낙심한 소년은 한동안 그 광경을 보고 있다가 마침내 말했다.

"우리, 저 거북이를 죽여요."

내가 마음 쓰는 것은
바로 네가 아니라,
너를 사랑하는 데서 맛보는
나의 가슴 벅찬 희열이다.

독수리와 암탉

어떻게 해서 그런 일이 가능할 수 있었는지는 모르겠으나, 어쨌든 닭 부화장의 다른 달걀들 틈에 독수리의 알 하나가 섞여있게 되었다.

때가 되어 그 새끼 독수리는 다른 병아리들과 마찬가지로 알에서 부화하게 되었다.

어느덧 그 새끼 독수리는 자라서 날 수 있을 시기가 되었고, 막연히 날고 싶다는 욕망에 사로잡히곤 했다.

드디어 어느 날 그 새끼 독수리는 어미 닭에게 물었다.

"언제쯤 하늘을 나는 법을 배울 수 있어요?"

그런데 자기가 전혀 날 수 없다는 사실을 알고 있던 이 가엾은 어미닭은 다른 새들이 나는 법을 가르치는 방법에 대해 전혀 아는 바가 없었다. 그러나 그런 사실에 매우 수치를 느낀 어미닭은 이렇게 말했다.

"아직은 이르단다, 아가야. 때가 되면 그때 내가 가르쳐주마."

그러기를 몇 달, 새끼 독수리는 이제 거의 다 자랐고, 어미닭이 날 수 없다고 확신하게 되었다. 그러나 자신을 알에서 나올 수 있도록 해준 그 정이 고마워서, 감히 어미닭의 말을 무시하고 날기 연습을 할 꿈도 꾸지 않았다.

출입금지

죄를 지은 것이 알려진 어느 죄인이 파문을 당했고, 성당 출입이 엄금되었다.

그는 하느님께 하소연을 했다.

"주님, 제가 죄인이라는 것 때문에 저들이 저를 제지합니다."

"뭘 그런 걸 가지고 속상해하느냐? 저들은 나도 못 들어가게 할 텐데!"하고 하느님께서 말씀하셨다.

어떤 문지기

교회나 회당을 유지하기 위해서는 모금을 할 수밖에 없다. 그런데 헌금 바구니를 돌리지 않는 한 유대교 회당이 있었다.

그들은 오직 거룩한 축제일을 앞두고 좌석표를 파는 것으로 모금을 대신했다. 왜냐하면 그때가 교인이 제일 많이 모일뿐더러 가장 너그러워지는 날이기 때문이었다.

거룩한 축제의 어느 날, 한 꼬마가 회당에 아버지를 찾으러 왔다. 그러나 문지기는 그 소년이 표를 갖고 있지 않다는 이유로 소년을 들여보내지 않았다.

꼬마는 말했다.

"그렇지만 매우 중요한 일이 있어요."

"모두들 그렇게 말하지."하고 문지기는 냉정하게 대답했다.

꼬마는 어찌하면 좋을지 몰라 안절부절 못하며 애원하기 시작했다.

"제발 좀 들여보내 주세요, 이건 죽느냐 사느냐 하는 문제라고요. 일 분만, 딱 일 분만요, 아저씨!"

"그래, 좋다. 그렇게 중요한 일이라면."하며 문지기가 태도를 바꾸었다.

"하지만 기도하다가 들키기만 해봐라!"

조직화된 종교는 그 한계가 있다!

무(無)에 대하여

　습후티라는 부처님의 제자가 어느 순간 문득 '무(無)'의 풍요로움을 깨닫게 되었다. 모든 것은 마음에 만족을 주지 않고 사라져 가는 것임을, 그리고 자신 역시도 그러하다는 것을 깨달았던 것이다.

　이러한 거룩한 '무(無)'의 분위기 속에서 지극히 평안한 마음으로 나무 밑에 앉아 있을 때, 갑자기 그의 주변에 꽃들이 떨어지기 시작했다. 그리고 신들이 속삭였다.

　"우리는 '무(無)'에 대한 너의 뛰어난 가르침에 황홀해졌다."

　"하지만 저는 '무(無)'에 대해서 한 마디도 한 적이 없는데요." 하고 습후티가 대답했다.

　"네 말이 맞다. 너는 그것에 대해서 말하지 않았고, 우리도 그것에 대해 듣지 않았다. 이것이 정녕 참된 '무(無)'인 것이다."라고 신들이 대답했다.

　그러고는 계속해서 꽃들이 쏟아져 내렸다.

　내가 나의 '무(無)'에 대해 이야기했거나,
　또는 그것을 의식하고 있었다면,
　과연 그것을 참된 '무(無)'라고 할 수 있겠는가?

죽음의 사신

　바그다드에 살고 있는 한 상인이 어느 날 그의 하인에게 장을 봐 오도록 시켰다. 그런데 얼마 후 그 하인은 새하얗게 질린 얼굴로 두려움에 몸을 떨며 돌아왔다.

　"주인님, 글쎄 제가 시장에 가서 이것저것 물건을 사기 위해 둘러보며 걷고 있는데, 우연히 낯선 사람과 마주치게 되었습니다.

　저는 얼굴을 들어 그를 쳐다보았는데, 글쎄 그 사람은 바로 저승사자이지 뭡니까. 그는 저에게 험상궂은 얼굴을 보이더니만 금방 사라져버리고 말았습니다.

　저는 지금 너무나 두려워 어찌해야 할지를 모르겠습니다. 그래서 말인데요. 저에게 사마라로 달아날 수 있도록 말을 한 필 주십시오.

　전 지금 온 힘을 다해 죽음으로부터 도망치고 싶을 뿐입니다."

　그 주인은 하인을 가엾게 여겨 그의 부탁대로 말을 한 필 내주었고, 하인은 그 말을 타고 사마라를 향해 온 힘을 다해 달아났다.

　곧 해질 무렵이 되었고, 그 상인은 직접 장을 보기 위해 시장에 나갔다. 그리고 그는 하인의 말대로 그곳에서 서성대는 저승사자를 보았다. 그 저승사자를 본 상인은 그에게 다가가 물었다.

"자네, 오늘 아침 험상궂은 얼굴을 하고서 내 하인을 만났다고 들었는데, 왜 그랬는가?"

"나리, 그건 제가 험상궂은 얼굴을 하려 했던 것이 아니라 그를 바그다드에서 만난 것에 놀랐던 것입니다."

"그게 무슨 소리지? 그가 이곳 바그다드에 있는 게 잘못된 일인가? 이곳은 누구든지 살 수 있는 곳인데."

"사실은 오늘 밤에 사마라에서 그 사람을 만나도록 되어 있었거든요."

사람들은 대부분 죽음을 겁낸다.
죽음을 피하려고만 하는 그들은
진정한 삶의 의미를 알지 못하는 것이다.

구걸

한 거지가 어느 부자의 사무실에 들어와서 구걸을 하며 서 있었다. 그러자 부자는 벨을 울려 비서를 불러서 말했다.

"여기 이 가엾고 불쌍한 사람이 보이나? 똑똑히 보라고. 발가락은 구멍이 난 구두 밖으로 빠져 나왔고, 너덜거리는 바지에, 코트는 누더기가 다 됐군. 분명히 며칠 동안 면도 한 번도, 목욕 한 번도, 제대로 식사 한 번도 못했을 거야.

이런 비참한 몰골의 사람들을 보고 있노라면 나는 몹시 슬퍼진다고. 그러니 당장 내 눈앞에서 데리고 나가게."

팔다리가 잘리고 반씩만 남은 한 거렁뱅이가
길거리에서 구걸을 하고 있었다.
처음 그를 보았을 때는
몹시 가엾은 마음에 적선을 했다.
두 번째 만났을 때는 조금 덜 주었다.
그러나 세 번째 만났을 때는,
경찰에게 신고해버렸다.
공공장소에서 구걸하며
번번이 남에게 폐를 끼치는 그의 모습 때문에……

사랑입니다!

어떤 주교가 예비 영세자들을 모아놓고 그들이 과연 세례를 받을만한 자격이 있는지 시험하고 있었다.

"다른 사람들이 여러분을 보았을 때, 여러분이 가톨릭 신자라는 것을 알아볼 수 있는 표시가 되는 것은 무엇일까요?"라고 주교는 물었다.

아무도 대답을 하지 못했다. 그 누구도 이런 질문을 예상하지 못한 것이 분명했다.

그러자 주교는 정답의 힌트를 주기 위해서 십자 성호를 그어 보이면서 다시 한 번 질문을 되풀이했다.

그러자 문득 한 예비자가 대답했다.
"사랑입니다!"

주교는 순간 깜짝 놀라 당황했다. 하마터면 "틀렸습니다."라고 말할 뻔했다가 가까스로 자제했다.

세 번의 기회

한 신부가 은총에 관한 강론을 준비하느라 창가의 책상에 앉아 있다가 뭔가 폭발하는 것 같은 소리를 들었다.

곧 그는 당황한 사람들이 허둥대며 이리저리 뛰어다니는 것을 보았다. 그리고 댐이 터지는 바람에 강물이 넘쳐서 사람들이 집을 놔두고 떠나고 있다는 사실을 알게 되었다.

거리의 아래쪽에 물이 차오르기 시작하는 것을 본 신부는 자신도 당황하기 시작한 것을 느꼈지만 스스로에게 말했다.

"나는 지금 은총에 대한 강론을 준비하고 있고, 내가 강론하는 것을 실천할 기회가 드디어 나에게 주어졌다. 나는 다른 사람들처럼 도망치지 않겠다. 나를 구해주실 하느님의 은총을 믿으며 이곳에서 기다리겠다."

창문까지 물이 차올랐을 때, 보트에 가득 탄 사람들이 지나가면서 외쳤다.

"뛰어내려 보트에 타세요, 신부님!"

"아, 아닙니다, 여러분. 저는 저를 구해주실 하느님의 은총을 믿습니다." 하고 신부는 자신 있게 말했다.

그러나 신부는 곧 지붕 위로 기어 올라가야 했다. 물이 지붕 위까지 차올랐을 때, 사람들을 가득 태운 또 다른 보트가 지나가면서 신부에게 서둘러 배에 타라고 재촉했다. 그러나 그는 또 사양했다.

이번에는 종각 꼭대기로 기어 올라가야 했다. 종각 꼭대기에서도 물이 무릎까지 차올랐을 때, 한 관리가 모터보트를 타고서 그를 구하러 왔다.

하지만 신부는 조용히 미소를 지으며 말했다.

"됐습니다, 선생님. 아시다시피 저는 하느님을 믿습니다. 그분께서는 제가 물에 빠져죽도록 그냥 계시지는 않으실 것입니다."

하지만 마침내 신부는 익사했고, 그는 하늘에 가자 제일 먼저 하느님께 불만을 호소했다.

"저는 하느님께서 저를 구해주시리라 믿었습니다! 그런데 왜 저를 구하기 위해 아무 일도 하지 않으셨습니까?"

그러자 하느님이 말씀하셨다.

"내가 너를 위해 세 번씩이나 보트를 보냈다는 걸 너도 알지 않느냐."

키스

키가 무척 큰 여인을 사랑하는 키 작은 남자가 있었다.

그는 일을 마치고 나면 매일 밤 그녀의 집을 들르곤 했는데, 너무나 수줍음을 많이 타는 성격이었기에 그녀에게 키스를 하지 못했다. 어느 날 그는 드디어 용기를 내어 말했다.

"당신에게 키스해도 되겠소?"

여인은 흔쾌히 승낙했다. 키가 작은 그는 딛고 올라설 수 있는 무언가를 찾아보았다. 마침 쓰다버린 풀무가 눈에 띄었는데, 그 안에는 꼭 안성맞춤인 높이의 모루(대장간에서 쇠를 두드릴 때 받침으로 쓰는 쇳덩이)가 들어있었다.

반마일쯤 산책을 하고 나서 남자가 말했다.

"꼭 한 번만 더 키스할 수 있겠소?"

"안돼요. 한 번만 이라고 했잖아요. 오늘밤은 그만 하세요."하고 여인이 말하자 남자가 말했다.

"그러면 왜 이 망할 놈의 모루를 끌고 올 때 말리지 않았소?"

사랑은,
짐을 지고도 짐스러운 줄을 모른다.

81
규칙

어느 법정에서 판사가 말했다.

"피고, 피고는 23개의 소송사유로 인해 유죄임이 밝혀졌습니다. 따라서 피고에게 모두 175년의 징역을 선고하는 바입니다."

노인인 그 죄수는 그만 참지 못하고 울음을 터뜨리고 말았다.

그러자 판사가 친절한 목소리로 말했다.

"노인장, 당신을 엄벌에 처하려는 것이 아닙니다. 내가 너무 가혹한 형을 부과했지만, 노인장께서는 그 형량을 다 마치지 않아도 됩니다."

죄수의 눈에 순간적으로 희망의 빛이 일렁이는 것을 본 판사는 말을 계속했다.

"그래요, 당신이 복역할 수 있는 만큼만 하면 되는 겁니다."

❀

어떤 주교가 발표하기를 사제관에서 둘 수 있는 가정부는 최소한 나이가 50세는 된 여자여야 한다고 했다.

그런데 어느 날, 교구를 순방하던 그는 25세 된 가정부를 두 명 두고서 그 규칙을 지키고 있다고 자신하는 한 사제를 보고 놀라움을 금치 못했다.

대담성의 과시

마을에 지진이 발생했을 때 자기가 대담하게 처신했다고 생각한 스승은, 제자들이 자신의 행동에 감명을 받았으리라 확신하고는 흐뭇해했다.

며칠 후 두려움을 극복하는 것에 대한 질문을 받았을 때, 그는 제자들에게 자신의 대담성을 상기시켰다.

"너희들은 모두가 겁에 질려 허둥대며 이리저리 뛰어다니는 동안에 침착하게 앉아서 물을 마시는 나를 보지 못했느냐? 내가 컵을 잡고 있을 때 손이 떨리는 걸 너희들 중 누구라도 본 사람이 있느냐?"

그러자 한 제자가 말했다.

"스승님의 손이 떨리는 것은 보지 못했습니다. 그러나 그때 스승님께서 드신 것은 물이 아니라 간장이었습니다."

용을 피한 이유

이집트에 니스테루스라는 성인이 있었다. 어느 날 그는 자신을 하느님의 사람으로 추앙하는 여러 제자들과 함께 사막을 걷고 있었다.

그런데 어디선가 갑자기 용 한 마리가 그들 앞에 나타났고, 모두들 놀라 달아났다.

몇 년이 지나고 나서 니스테루스가 세상을 떠나게 되었을 때, 한 제자가 물었다.

"스승님, 언젠가 사막에서 용을 만났던 날, 스승님께서도 겁이 나셨습니까?"

"겁은 나지 않았다."하고 죽음을 앞둔 그가 말했다.

"그러셨다면 왜 저희들과 함께 도망치셨습니까?"

"용을 피해 달아나는 것이 더 낫다고 생각했다. 그러면 나중에 자만심의 영에게서 도망치지 않아도 될 테니까 말이다."

진실로 원하는 것

열네 살 난 소년 로버트는 이웃에 사는 같은 또래의 소녀와 사랑에 빠졌다. 그런데 그 소녀가 값비싼 시계를 갖고 싶어 했다. 그래서 로버트는 그 시계를 살 수 있는 돈을 마련하기 위해 자신의 물건 중에서 값나가는 것을 모두 팔았다. 하지만 그러고도 돈은 부족했고, 그는 부족한 돈을 벌기 위해 일을 해야 했다.

그의 부모는 어처구니가 없었지만 그 모습을 그냥 지켜보고만 있기로 했다.

드디어 그 값비싼 시계를 사주기로 한 날이 되었다. 그런데 웬일인지 로버트는 물건을 사지 않고 그냥 돌아왔다. 그리고는 이렇게 말했다.

"그 애와 함께 보석상에 갔는데요, 그 시계는 전혀 마음에 들지 않는다는 거예요. 그러더니 팔찌, 목걸이, 금반지 같은 것을 갖고 싶다는 거예요.

그 애가 물건을 고르며 상점 안을 돌아다니는 사이에 저는 언젠가 우리에게 해주신 선생님의 말씀이 떠올랐어요.

'무언가를 손에 넣기에 앞서 무엇 때문에 그것을 갖고 싶어 하는가를 스스로 확인해야 한다.'는 말씀이요.

그러자 저는 결국 제가 진정으로 원하는 건 그 애가 아니라는 걸 깨달았어요. 그래서 그냥 밖으로 나와서 집으로 와버렸지요."

거절의 방법

막강한 영향력을 행사할 수 있는 영국 정치가가 디즈라엘리 수상에게 남작 작위를 부탁했다. 수상은 그 청을 들어줄 수는 없었으나, 그의 기분을 상하게 하지 않고 거절할 수는 있었다.

"작위를 드릴 수 없는 점 대단히 죄송스럽습니다만, 그보다 더 좋은 것을 드리겠습니다. 당신의 친구들에게 당신이 남작 작위를 주겠다는 수상의 선물을 사양했노라고 말씀하실 수는 있습니다."

86

신이 웃는 경우

인도의 어느 수도자는 자주 이렇게 말하곤 했다.

신은 이런 두 가지 경우에 웃는다.

그중 하나는 의사가 환자의 어머니에게 '걱정하지 마십시오, 제가 댁의 아이를 구해 드리겠습니다.'라고 말하는 것을 들었을 때이다.

그런 경우에 신은 '저 아이의 생명을 거두어 가려고 하는 것은 바로 나인데, 저 친구가 그것을 구하려고 하다니……'하고 웃는 것이다.

그리고 다른 한 가지 경우는 땅에 선을 그어 서로 나누어 갖은 형제가 '이쪽은 내 것이고, 저쪽은 네 것이다.'라고 할 때이다.

그런 경우에 신은 웃으며 말한다. '이 우주가 모두 내 것인 것을 그 사소한 것에 선을 그어가며 내 것이니, 네 것이니 하다니, 쯧쯔……'

공자의 견해

어느 날 한 제자가 공자에게 물었다.

"스승님, 바람직한 정부가 되려면 기본적으로 갖춰야 할 요소가 무엇입니까?"

그러자 공자가 다음과 같이 대답했다.

"식량과 무기, 그리고 백성의 믿음이지."

제자가 또 질문했다.

"그런데 만일 스승님께서 그것들 중 하나를 포기해야 한다면 어떤 것을 포기하시겠습니까?"

"무기를 버리겠다."

"남은 두 가지 중 또 하나를 버려야 한다면요?"

"그야 물론 식량이지."

"그렇지만 식량이 없다면 백성들이 굶어죽고 말텐데요?"

"지나온 역사를 돌이켜봐도 알 수 있듯이, 인간이 피할 수 없는 운명은 바로 죽음이다. 그러나 백성들의 믿음을 잃어버린 통치자는 정녕 모든 것을 다 잃는 것이 아니겠느냐!"

놀라운 변화

한 설교사가 친구에게 말했다.

"우리는 이번에 우리 교회가 여러 해 동안 겪어 온 중에서 가장 놀라운 변화를 경험했다네."

"자네 교회 신자들이 얼마나 늘었는데?"

"전혀. 한 명도 늘지 않았네. 다만, 500명을 잃었지."

경험이 입증하는 바에 의하면,
우리의 종교적 확신과 개인적 경건함의 관계는
한 신사의 멋진 연미복과 그것을 소화(消化)여부 관계와 같은 것이다.

뛰어내려!

어느 날 물라 나스루딘은 집에 불이 나자 불길을 피해 지붕으로 올라갔다.

그가 초조하게 지붕 위에 앉아있는데, 친구들이 집 주위로 몰려들어 담요를 펼쳐 들고서 외쳤다.

"뛰어내려, 물라, 뛰어내리라고!"

"아니, 그렇겐 할 수 없어. 난 자네들을 안다고. 내가 뛰어내리면 담요를 치워서 날 골탕 먹이려고 그러는 거지!"하고 나스루딘은 말했다.

"엉뚱한 소리 하지 마, 물라. 농담이 아니야. 이건 진담이라구. 어서 뛰어내려!"

"싫어. 난 자네들 중 그 누구도 믿지 않아. 그 담요를 땅에 내려놔. 그러면 뛰어내릴테니."

성교육

아버지가 학교에서 돌아온 10대의 아들에게 물었다.

"너 오늘은 학교에서 무엇에 대해 배웠니?"

그러자 아들이 대답했다.

"오늘요? 성교육에 대한 강의를 들었어요."

"성교육이라고? 그래 그 내용이 뭐였니?"

"음, 처음에는 사제가 강의했는데, 그는 왜 우리가 섹스를 해서는 안 되는가에 대해 얘기했어요.

그리고 두 번째 강의는 의사 선생님이 하셨는데, 그는 아기가 생기지 않게 하는 방법을 강조했어요.

마지막으로 강의를 하신 교장선생님께서는 우리가 섹스를 삼가야 하는 장소에 대해 말씀하시더라구요."

커피 열 잔

사무실에서 나오는 은행장을 본 거지는 재빨리 그에게로 달려가더니 구걸을 했다.

"선생님, 커피 한 잔이 마시고 싶은데 돈이 없습니다. 제발 한 푼만 주십시오, 선생님."

구질구질하고 초라한 거지에게 동정심을 느낀 은행장이 돈을 건네주며 말했다.

"여기 있소, 1 달러요. 그 돈이면 커피 열 잔을 사먹고도 남을 게요."

이튿날 그 거지는 그 은행장의 사무실 앞에서 은행장을 기다리고 있었다.

드디어 사무실을 막 나서는 은행장의 모습이 보이자, 그 거지는 달려가더니 은행장의 얼굴을 냅다 후려치는 것이었다.

어리둥절해진 은행장이 외쳤다.

"당신, 대체 지금 왜 이러는 거요?"

그러자 거지가 몹시 화가 난 목소리로 말했다.

"당신 때문이지. 당신이 준 그 열 잔의 커피 말이야. 난 그 덕분에 간밤에 한 숨도 자지 못한 채 뜬 눈으로 지샜단 말이오."

철새

죽은 지 여러 세기가 지난 한 고대 철학자가 그의 후계자들이 그의 가르침을 잘못 전하고 있다는 말을 들었다. 그는 워낙 자비롭고 진리를 사랑하는 사람이었던지라, 많은 노력 끝에 며칠 동안만 다시 세상으로 돌아갈 수 있는 특혜를 받았다.

세상으로 돌아온 그는 후계자들에게 자신의 신원을 알리는 데 꽤 여러 날이 걸렸다.

일단 신원이 확인되자, 그의 후계자들은 그가 하는 말에 대해서는 이내 모든 관심을 잃었다. 그리고, 무슨 방법으로 그가 무덤에서 다시 살아나오게 됐는지에 대해서만 관심을 보였다.

그는 몇 번이나 설명하고 설득한 뒤에야 마침내 이 비결을 알려줄 길은 없다는 것을 이해시켰고, 그보다는 그의 가르침을 본래대로 순수하게 회복시키는 것이 인류를 위해 중요한 것임을 납득시키려고 했다.

그러나 모두 부질없는 일이었다. 그들이 그에게 한 말이란 고작 이런 것이었다.

"선생께서 가르친 것이 중요한 것이 아니라, 선생께서 가르친 것에 대한 우리의 해석이 중요하다는 것을 모르십니까? 결국 선

생께서는 한 계절만 살다 가버린 철새에 불과하지만, 우리는 지
금 여기서 살고 있으니 말입니다."

　부처님이 죽고 나서 학파들이 생겨났다.

직업의식

　　배관공 교육을 받고 이제 막 졸업한 정열적인 젊은이가 나이
아가라 폭포를 보러 가게 되었다.
　　잠시 폭포를 들여다보던 그가 말했다.
　　"난 이 폭포를 개조할 수 있다고 생각해요."

　　어떤 것들은 그대로 놔두는 것이 제일 낫다.

95

성자가 된(?) 어부

어느 날 밤이었다. 한 어부가 어떤 부자의 저택에 몰래 숨어 들어가 물고기가 가득한 연못에 그물을 던졌다. 그런데 그만 집주인이 그 소리를 듣고 경비원들을 시켜 그를 찾아 잡아오도록 했다.

어부는 횃불을 치켜들고 구석구석 수색하는 사람들을 보고서 재빨리 몸에 재를 바른 다음 나무 밑에 앉았다. 인도에서는 그렇게 하는 것이 성자의 관례임을 알았기 때문이다.

주인과 경비원들은 오랫동안 수색을 했지만, 재를 뒤집어쓰고 나무 밑에 앉아 묵상에 잠겨 있는 한 성자를 제외하고는 아무도 찾을 수 없었다.

다음날, 거룩한 성자가 그 부자의 저택에 거처를 정했다는 소문이 온 마을을 돌았다. 그 소문을 들은 마을 사람들은 꽃과 과일과 음식, 심지어 많은 돈까지 가지고 와서 그에게 경의를 표했다. 성자에게 선물을 헌납하면 신의 축복이 내린다고 믿었기 때문이다.

성자로 변장한 그 어부는 뜻밖의 행운에 깜짝 놀랐다.

"내 손으로 벌어먹는 것보다 이 사람들의 믿음에 의지해 먹고 사는 것이 더 쉽구나."하고 혼잣말을 한 그는 명상하기를 그치지 않았고, 다시는 일하러 돌아가지 않았다.

조언

어느 날 어느 젊은 작곡가가 모차르트를 찾아왔다. 그는 모차르트에게 자신의 재능을 발전시킬 수 있는지에 관해 자문을 구하러 온 것이었다.

"쉬운 작품부터 시작해보라고 충고하고 싶군요. 예컨대 노래 같은 것 말이에요."하고 모차르트는 말했다.

"하지만 당신은 어렸을 때 이미 교향곡들을 작곡하고 계셨잖아요!"라며 그 남자는 주장했다.

"물론이지요. 하지만 나는 어떻게 하면 내 재능을 발전시킬 수 있는지에 대한 조언을 받으러 누군가를 찾아다닐 필요가 없었답니다."

장수의 비결

　80세가 된 한 노인이 있었다. 어느 날 노인은 그의 왕성한 정력이 어디에서 기인된 것인지에 대한 질문을 받게 되었다.

　"글쎄요."하고 그는 대답했다.
　"난 술도 안하고, 담배도 하지 않아요. 그리고 매일 1마일씩 수영을 하고 있지요."
　"하지만 제 삼촌 한 분도 그렇게 하셨는데, 그 분은 60세에 돌아가셨는걸요."
　"아, 그렇다면 문제는 당신 삼촌이 오래도록 그렇게 하시지 않은 데 있었군요."

왕의 신발

한 나라에 매우 어리석은 왕이 있었다. 그런데 어느 날 그는 거친 땅 때문에 발이 아프다고 투덜대더니 마침내 전국을 쇠가죽으로 포장하도록 신하에게 명을 내렸다.

그 당시 궁궐에 있던 지혜로운 사람이 그 명령을 듣고는 껄껄 호탕하게 웃으며 말했다.

"폐하, 그 무슨 가당치도 않은 말씀이십니까. 그렇게 많은 비용을 들일 필요가 없습니다. 폐하의 두 발만 보호할 정도의 쇠가죽을 오려내어 그것으로 발을 감싸기만 하면 되지 않겠습니까?"

왕은 그의 말대로 했고, 그리하여 그때부터 신발이라는 것이 만들어지게 되었다고 한다.

깨달음을 얻은 자는
세상을 고통없는 곳으로 만들 수 있다.
세상을 바꾸려 하지 말고,
자신의 마음을 바꾸어라.

어린 전문가

1930년대, 미국의 어느 제조업자는 일본으로 기계를 한 대 보냈다.

그런데 한 달이 지난 어느 날 일본으로부터 다음과 같은 내용의 전문이 날아왔다.

「기계가 고장이 났소. 전문가를 보내주시오.」

그래서 그 회사는 일본으로 한 사람을 보냈다.

그런데 그 사람이 기계에 손도 대기 전에 일본으로부터 「사람이 너무 어립니다. 좀 더 나이 든 사람을 보내 주십시오.」라는 내용의 전문이 날아왔다.

그러자 회사는 이런 내용의 회신을 보냈다.

「그 사람에게 고치도록 하는 게 더 나을 거요. 그가 바로 그 기계를 만든 사람이니까.」

100
한 가지 방법

    한 여인이 독감에 걸려 의사를 찾아왔다. 하지만 며칠이 지나도 차도가 없었고, 여인은 화가 난 목소리로 이렇게 말했다.

    "의사 선생님. 제 병을 전혀 고칠 수 없으신가요?"

    그러자 의사가 대답했다.

    "방법이 한 가지 있습니다. 집으로 돌아가서 뜨끈한 물로 샤워를 하고 발가벗은 채 햇빛을 쏘이십시오."

    "그렇게 하면 독감이 나을까요?"

    "아닙니다. 그렇지만 그렇게 하면 당신은 분명 폐렴에 걸릴 겁니다. 그렇게 되면 폐렴은 제가 치료할 수 있거든요."

임무 수행

한 신병이 부대 정문의 위병 임무를 맡게 되었다.

그는 어떠한 경우를 막론하고 출입증을 제시받기 전에는 아무도 통과시키지 말 것을 명령 받았다.

임무를 수행하던 중 한 장군의 지프차가 정문에 도착했다. 그런데 그 차에 타고 있던 장군은 경비병을 무시한 채 그냥 들어가라고 그의 운전병에게 지시했다.

그러자 그 경비병은 차 앞으로 다가가 총부리를 창문에 들이대더니 조용히 말했다.

"죄송하지만 장군님, 제가 최초로 맡은 임무입니다. 자, 누굴 쏘아야 합니까? 장군님입니까? 운전병입니까?"

상사를 존경함으로써
위대함을 성취하는 것이며,
아울러 아랫사람으로부터 존경받음으로써
위대함을 이루는 것이다. ·
당신이 겸손을 가장하며 거만하지 않고,
거만함을 가장하며 겸손하지 않을 때,
당신의 위대함이 드러난다.

수많은 가능성

철로 밑을 지나던 한 대형 트럭이 어쩌다 철로와 길 사이에 끼어 버리고 말았다. 전문가들이 차를 빼내기 위해 온갖 수단을 다 동원해 보았으나 모두 헛수고였다. 게다가 트럭의 앞뒤로 차들이 밀려 수 킬로미터나 줄을 서 있었다.

그런데 언제부터인가 공사 책임자를 만나려고 기를 쓰고 있는 어린이가 있었는데, 번번이 저지당하고 말았다.

마침내 자포자기 상태에 빠진 공사 책임자가 그 어린이를 방으로 불러들였다.

"뭔가 할 말이 있는 것 같은데, 무슨 말인지 해보렴."

그러자 그 어린이는 자신에 찬 목소리로 말했다.

"저 트럭 타이어의 공기를 조금만 빼 보시면 어때요?"

보통사람의 마음에는
수많은 가능성이 있으나,
전문가의 마음에는
단지 몇 가지만이 있을 뿐이다.

제 3 장

낭떠러지에 걸린
무신론자

가난한 사람들은
그들이 부유해지면
행복하게 되리라 생각하고
부유한 자들은
그들의 위궤양이 다 나으면
행복하게 되리라 생각한다.

동생을 갖고 싶어요!

"엄마, 난 동생을 갖고 싶어요."
"금방 하나 생겼잖아."

"또 한 명이 있었으면 좋겠어요."
"금방 또 생기긴 힘들어. 아기가 태어나려면 시간이 걸린단다."

"왜 엄마는 아빠가 공장에서 하시는 것처럼 하지 않으세요?"
"아빠가 어떻게 하시기에?"

"일꾼들을 더 쓰시는 거죠."

골동품

    큰 도시에서 골동품상을 운영하고 있는 노신사가 있었다. 어느 날 그 곳을 방문한 관광객은 그 노인과 그 상점에 진열된 많은 물건에 대해 이야기를 나누게 되었다.

    "여기 지니고 계신 것 중에서 가장 특이하고 신비스러운 것은 무엇입니까?"라고 관광객이 물었다.

    수백 개나 되는 골동품, 박제된 짐승, 박제된 물고기와 새, 고고학적인 유물, 사슴 머리…… 이렇게 많은 물건들을 둘러본 노인은 관광객에게 돌아서서 말했다.

    "이 안에 있는 것들 중에서 가장 특이한 건 의심할 여지도 없이 나 자신이지요."

✿

어떤 교사가 현대 발명품들에 관한 강의를 하고 있었다.

    "50년 전에는 존재하지 않았던 중요한 것에 대해 누구 말해볼 사람?"하고 교사가 물었다. 그러자 앞줄에 앉아있던 학생이 번쩍 손을 들고서 말했다.

    "그건 바로 접니다!"

아뿔싸!

　망망대해 대서양을 횡단하는 정기선의 갑판에서 한 승객이 그만 길을 잃고 말았다. 그는 결국 한 승무원에게 자기 선실을 찾아달라고 도움을 청했다.

　"손님의 선실 번호가 어떻게 됩니까?"하고 승무원이 묻자 그 승객이 대답했다.

　"몇 호실인지는 모르겠어요. 하지만 가보면 알 수 있어요. 선실 창문에서 내다보면 등대가 보이거든요."

🍀

　재판관 : 몇 살이지요?

　죄수 : 스물 둘입니다, 재판관님.

　재판관 : 그건 지난 10년간 당신이 말해온 나이요.

　죄수 : 맞습니다, 재판관님. 저는 어제 한 말 다르고 오늘 하는 말이 다른 그런 나쁜 놈이 아닙니다.

난 외국인이 아니에요!

어느 미국인이 태어난 이래 처음으로 외국 관광을 위해 여행을 떠났다.

외국 공항에 내린 그는 '내국인'과 '외국인'이라고 표시된 두 통로의 갈림길에 서게 되었다.   그는 한 치의 망설임도 없이 첫 번째 통로로 걸어갔다.

나중에 다른 줄에 가서 서야 한다는 말을 들은 그는 매우 화를 내며 항의했다.

"그렇지만 나는 외국인이 아닙니다. 난 미국인이라구요!"

109
노름할 돈

라스베이거스(Las Vegas)의 거리를 배회하던 한 청년이 있었다. 그는 보기에도 매우 부유한 티가 나는 한 신사에게 다가가 말을 걸었다.

"선생님, 죄송하지만 25만 달러를 저에게 좀 주실 수 없으십니까? 전 지난 이틀 동안 아무것도 먹지 못하고 잠 한 숨 자질 못했습니다."

"내가 돈을 준다고 해도, 당신이 그 돈을 가지고 도박판으로 달려갈지도 모르는데, 내가 어떻게 그 돈을 줄 수 있겠소?"

그 신사가 이렇게 대답하자 청년이 말했다.

"그것에 대해서는 안심하십시오. 도박에 걸 돈은 이미 구해놓았으니까요."

중국의 어느 출판사가 원고를 돌려보내며 쓴 편지

귀하의 원고는 특이하게 재미가 있었습니다. 그러나 귀하의 천재적인 작품을 발행하게 된 뒤에 다시는 그런 수준의 작품을 발행하지 못하게 될 것이 염려되었습니다.

아울러 향후 백년 안에 그만한 수준에 이를만한 다른 작품이 나올지는 전혀 예기치 못할 일입니다.

그러므로 매우 유감스러운 일이지만, 우리로서는 귀하의 탁월한 작품을 되돌려 드릴 수밖에 없습니다.

우리의 알량함과 소심함을 이해해 주시기를 바라고 또 바라는 바입니다.

111
감옥에 갔다 온 신부

92세가 된 어느 노 사제가 있었는데, 마을의 모든 사람들은 그를 좋아했다. 사람들은 누구나 그가 거리에 나타나면 허리를 굽혀 절을 할 정도로 그의 거룩함을 기렸다. 로터리 클럽 회원이기도 한 그는 모임이 있을 때마다 어김없이 참석했고, 언제나 정확한 시간에 와서 자신이 좋아하는 구석 자리에 앉아 있었다.

그런데 어느 날 그 사제의 모습이 마을에서 사라졌다. 아예 사라져 버린 것만 같았다. 마을 사람들이 온통 다 찾아보았으나 그림자도 보이지 않았던 것이다.

그러나 다음 달에 로터리 클럽의 모임이 개최되자 그렇게 찾아도 도통 보이지 않던 그가 여느 때처럼 구석에 있는 자기 자리에 앉아 있는 것이 아닌가!

"아니, 신부님. 도대체 그동안 어디를 다녀오셨습니까?"하고 모두들 놀라 일제히 외쳤다.

"감옥에를 좀." 신부는 조용히 말했다.

"감옥이요? 맙소사! 신부님께서는 파리 한 마리도 건드리지 못하시잖아요! 어떻게 된 거지요?"

그러자 그 노 신부가 말했다.

"이야기하자면 길지요. 하지만 간단히 얘기하자면, 이런 일이
있었지요. 도시로 가는 기차표를 한 장 사들고 플랫폼에서 기차
가 오기를 기다리고 있었어요. 그런데 매우 아름다운 아가씨가
경찰과 함께 나타났어요. 그 아가씨는 나를 위 아래로 살펴보더
니 경찰한테로 돌아서서 '저 사람이 그랬어요.'하더군요.

그런데 사실대로 말하자면 아주 어깨가 으쓱해지더라구요. 그
래서 내가 그랬다고 시인했지요."

움직였다구!

한 여행객이 유명한 일본의 다도회에 초대되었다. 그가 첫잔을 비우고 났을 때였다. 어찌된 일인지 그의 눈에는 그 방에 있는 가구가 움직이며 돌아다니는 것이 보였다.

"이 차는 매우 미묘한 효능을 지니고 있는 차로군요."하고 그는 주인에게 말했다.
"별로 그렇지도 않습니다. 때마침 지진이 일어난 것이지요."

❧

조련사로부터 도망친 코끼리 한 마리가 협곡을 가로질러 놓여 있는 작은 나무다리 위를 건너가게 되었다.
낡은 그 다리는 위태롭게 흔들리며 코끼리의 무게를 가까스로 감당해냈다.

겨우 건너편으로 무사히 건너갔을 때, 코끼리의 귀에 올라탔던 파리 떼 중 한 마리가 대단히 기뻐하며 외쳤다.
"야, 우리가 저 다리를 움직였다구!"

수탉

수탉을 기르는 한 노 부인이 있었다. 부인은 매일같이 해뜨기 직전 수탉이 우는 것을 보며, 나름대로 과학적인 정확성을 지니고 관찰을 했다. 그리하여 마침내 그 부인은 자신이 기르는 수탉의 울음이 해를 뜨게 한다는 결론을 내리게 되었다.

그래서 어느날 그 수탉이 불시에 죽어버리자, 다음날 해가 뜨지 못하는 불상사를 막기 위해 급히 다른 수탉을 구해다 놓았다.

그러던 어느 날, 부인은 이웃 사람들과 불화가 생겼고, 그로 인해 여동생과 함께 마을 밖 수마일이 떨어진 곳에서 살도록 추방당하게 되었다.

마을을 떠나온 다음 날, 부인의 수탉이 울기 시작하자 금방 해가 지평선 위로 조용히 뜨기 시작했다. 그것을 본 부인은 이런 생각에 잠겼다. '해가 지금 여기서 떠오르고 있으니, 먼저 살던 마을은 깜깜하겠지. 할 수 없지, 자기들이 자초한 일이니까!'

하지만 곧 이웃 사람들이 자기에게 찾아와서 수탉을 갖고 다시 돌아와 달라고 애원하지 않는 것에 의문을 품게 되었다. 그러나 노 부인은 이내 그건 그들의 고지식함과 어리석음 때문이라고 생각해 버리고 말았다.

강둑에 놓아 둔 옷

거룩한 수피 하비브 아자미는 어느 날 옷을 둑 위에 그냥 벗어
둔 채로 강에 목욕을 하러 들어갔다. 그런데 우연히 지나가던 바
스라의 하산이 그 옷을 보고서 누군가 무심코 벗어둔 것이라 생
각하게 되었다. 그리하여 그는 옷 주인이 찾으러 올 때까지 지켜
봐 주기로 작정했다.

마침내 목욕을 끝낸 하비브가 옷을 찾으러 오자 하산이 말했다.
"강에 목욕하러 들어가실 때 벗어놓은 이 옷을 누구한테 맡겨
놓으셨습니까? 하마터면 누군가 훔쳐갔을지도 모르잖아요!"
그 말을 들은 하비브는 조용히 웃으며 말했다.
"당신에게 그 일을 맡기신 그분께 맡겨 놓았지요."

사막에서 있었던 일

    어떤 사람이 친구들에게 자신이 사막에서 길을 잃고 헤매던 그 끔찍했던 체험을 이야기하고 있었다. 그때 그는 자신이 아무런 희망도 없는 그 상황 속에서 무릎을 꿇고 하느님께 구해달라고 얼마나 빌었는지 모른다고 했다.

    "그래서 하느님께서 자네 기도를 들어주시던가?"하고 한 친구가 물었다.

    "아, 아니! 하느님께서 미처 어떻게 해보기도 전에 어떤 탐험가가 나타나서 길을 알려 주었어."

파트너

무용교습소에서 한 미국 아가씨가 민속무용을 배우고 있었다. 그런데 그녀는 계속해서 파트너를 리드하고 있었기에 자주 이런 항의를 받곤 했다.

"이봐요, 아가씨! 도대체 어느 쪽이 리드를 하는 거요? 당신이요, 아니면 나요?"

그러던 중 하루는 한 중국 청년이 그 아가씨와 파트너가 되었는데, 그는 춤을 추기 시작한 몇 분 후에 정중하게 속삭였다.

"숙녀라면 춤을 추고 있을 때, 그 커플이 움직여야 할 방향에 대한 선입견을 모두 없애는 게 더 편리하지 않을까요?"

소크라테스의 배움

죽을 날만을 기다리며 감옥에 갇혀있던 소크라테스는 젊은 동료 죄수가 어려운 가곡 '시테시코러스'를 부르는 것을 듣게 되었다.

그 곡에 매우 반한 소크라테스는 그 죄수에게 그 노래를 가르쳐 달라며 간청했다.

"그 노래를 배운다면 난 한 가지를 더 갖고 죽을 수 있겠네."

그 죄수가 이상하다는 듯이 말했다.

"이제 일주일 후면 사형을 당할 텐데, 뭣하러 새로운 것을 배우려고 하세요?"

그러자 소크라테스가 말했다.

"그것은 살 날을 50년이나 남겨놓은 자네가 배우고자 하는 그 이유와 하나도 다를 바가 없는 걸세."

두 시간 먼저 왔다고!

산부인과 대기실에서 아이의 아버지가 될 여러 사람들이 매우 초조하게 아이의 탄생을 기다리고 있었다. 마침내 한 간호사가 나오더니 그들 가운데 한 사람을 향해 손짓하며 말했다.

"축하합니다, 아들이에요."

그때 어떤 사람이 보고 있던 잡지를 집어던지며 큰 소리로 화를 내며 말했다.

"이봐, 도대체 지금 무슨 소리를 하고 있는 거야! 나는 그 사람보다 두 시간이나 먼저 와 있었다고!"

아아,
어떤 일들은 조직화를 거부한다!

120
전갈

세계에서 가장 큰 은행 협회의 회장이 병원에 입원을 했다. 그러자 부회장 중에 하나가 문병을 왔는데, 그가 가지고 온 위문 전갈은 이러했다.

"우리 이사회의 위로 전갈입니다. 회장님은 건강을 회복하시고 백 살까지 사셔야 합니다. 이 이사회의 공적인 결의는 두 명이 기권하고 15대 6의 다수결로 통과된 사항입니다."

불을 더 태우려는,
물을 더 적시려는,
그리고 장미에다가 색깔을 더 칠하려는,
우리의 그런 노력이 그칠 날이 정녕 오기나 할는지…….

121
어느 것이 내 팔 다리

　어느 마을의 잔치에 지능이 조금 모자란 일곱 명의 사람들이 초대되었다. 얼큰하게 취한 그들이 밤중에 각각 자기 마을을 향해 가려하고 있는데, 마침 비가 오기 시작했다. 그래서 그들은 커다란 나무 밑에서 밤을 지내고 가기로 했다.

　그런데 어찌된 일인지 날이 밝자 그들의 울부짖는 소리가 그치지 않고 이어지는 것이었다. 마침 그곳을 지나던 행인이 그 소리를 듣고 물었다.

　"무슨 일이요?"

　그 모자라는 일곱 사람 중 한 명이 말했다.

　"선생님, 우리는 어젯밤에 이 나무 아래서 다같이 웅크리고 잠을 잤습니다. 그런데 날이 밝아 일어나보니, 우리의 팔 다리가 엉망으로 뒤엉켜버렸습니다. 그래서 어느 것이 누구의 팔이고 다리인지 통 알 수가 없게 되어 버렸지 뭡니까?"

　그러자 그 행인은 "간단한 문제로군요."하고 대답하더니 핀을 하나 꺼내어 아무 다리나 자기 눈에 띄는 것을 쿡 찔렀다.

　"아얏!"하고 그들 중 하나가 소리쳤다.

　"그것이오, 그것이 당신 다리요."

　그러고는 또 팔을 하나 쿡 찔렀다.

"아얏!"하는 소리와 함께 그 팔의 주인이 나왔다.

나그네는 그와 같은 방법을 되풀이하여 얽힌 팔과 다리들을 모두 풀어 주었다. 그리고 그 일곱 명의 사람들은 그런 일을 당했음에도 불구하고 아무 일도 없었다는 듯이 자기네 마을을 향해 유쾌하게 떠나갔다.

다른 이들의 기쁨과 슬픔에
본능적인 반응을 보일 때,
당신은 자신이 자기를 떨구어버리고
인류와 '한 몸이 되는'
바로 그러한 체험을 하게 되었음을,
또 사랑이 마침내 자리하게 되었음을 알게 될 것이다.

123

어떤 보고

어느 능률 전문가가 헨리 포드에게 보고를 하고 있었다.

"사장님도 잘 아시다시피, 대부분 긍정적인 보고를 드리는 바입니다. 그러나 저 아래 홀에 있는 저 사람에 대해서만은 그렇지가 못합니다. 그는 제가 지나갈 때마다 책상 위에 발을 얹은 채로 앉아 있었습니다. 그 사람은 사장님의 돈을 낭비하고 있습니다."

그러자 포드는 말했다.

"그 사람은 언젠가 우리에게 한 재산 벌이가 된 아이디어를 준 적이 있지. 그의 발은 그때에도 정확히 지금 그 자리에 있었다고 생각하는데."

어느 나무꾼이 기진맥진한 채
무딘 도끼로 나무를 계속 찍으며
시간과 힘을 낭비하고 있었는데,
그의 말에 의하면,
도끼날을 갈 짬이 도저히 없기 때문이라고 했다.

히틀러를 위한 기도

히틀러의 유대인 박해가 극에 달하자 사무엘과 조슈아라는 두 유대인이 히틀러를 암살할 계획을 세웠다. 그들은 히틀러가 지나가기로 되어있는 지점에서 언제든지 총을 쏠 수 있도록 준비를 해놓고 망을 보고 있었다.

그런데 예정된 시간보다 히틀러의 도착이 늦어지자 문득 어떤 생각이 떠오른 듯 사무엘이 말했다.

"조슈아, 그 사람에게 아무 일이 없었기를 기도하게나!"

전화안내

어떤 사람이 전화번호 안내를 받기 위해 016번을 돌렸다. 신호가 가자 어떤 여성 안내원의 목소리가 말했다.

"죄송하지만 그 번호를 아시려면 015번으로 문의해 주십시오."

015번을 돌리자 신호가 갔다. 그런데 전화를 받은 목소리는 방금 전의 바로 그 목소리와 흡사했다. 그래서 그가 물었다.

"혹시 조금 전에 나와 통화를 한 바로 그 분이 아닙니까?"

"맞습니다. 오늘은 제가 두 곳의 일을 다 보고 있습니다."

126
거짓정보

한 귀족이 대성당에 방화를 한 죄로 사람들의 비난을 받게 되었다.

그가 말하기를, 그 일은 정말 죄송하게 됐지만 실은 그 안에 대주교가 있다는 거짓정보를 받았었다고 했다.

왕의 지팡이

18세기 초, 프러시아의 왕 프리드리히 빌헬름은 성미가 매우 급한 사람으로 알려졌다.

격식을 몹시 싫어한 그는 가끔 수행원을 거느리지 않고 베를린의 거리를 거닐곤 했다. 그리고 그때 자신을 불쾌하게 만드는 누군가가 있으면 (그것은 빈번히 발생하곤 했다), 그 운수 사나운 희생자에게 한 치의 주저함도 없이 자신의 지팡이를 휘둘러 댔다.

그런 이유 때문에 사람들은 멀리서 왕의 모습이 보이면 미리 슬그머니 피해 달아나기 일쑤였다.

어느 날이었다. 왕이 걸어오는 것을 미처 알아보지 못한 사람이 뒤늦게 어느 집 문간에 숨으려다가 그만 왕에게 들켜버리고 말았다.

"이봐, 지금 어딜 가려는 거지?"하고 왕이 물었다.

그 사람은 두려움에 떨며 대답했다.

"이 집으로 들어가려 하고 있습니다, 폐하!"

"거기가 너의 집인고?"

"아니옵니다, 폐하."

"그렇다면 너의 친구의 집인고?"

"아니옵니다, 폐하."
"그런데 어찌하여 그 집으로 들어가고 있느냐?"

그 사람은 문득 자신이 도둑으로 의심을 받지 않을까 두려운
생각이 들었다. 그래서 불쑥 사실대로 말해버리고 말았다.
"폐하를 피하기 위해서입니다."
"왜 나를 피하려고 했느냐?"
"그것은…, 폐하가 무섭기 때문입니다."

이 말을 들은 왕은 매우 진노하여 그 불쌍한 남자의 어깨를 잡
아 흔들며 외쳤다.
"내가 무섭다고? 나는 너의 왕이요, 너의 통치자인데. 나를
무서워하다니! 나를 사랑해야만 해! 나를 사랑해라, 사랑해 이
놈아!"

만족

시니어스는 피루스 왕을 방문해서는 이렇게 물었다.

"로마를 정복하고 나면 그 다음에는 무엇을 할 생각인가?"

그러자 피루스 왕이 대답했다.

"시실리를 정복해야지. 그건 아마 쉽게 이루어질 걸세."

"그럼 시실리를 정복한 후에는 무엇을 할 건가?"

"그런 다음에는 아프리카를 공략해서 카르타고를 쓰러뜨리는 거지."

"그 다음에는?"

"그리스가 될 것일세."

"그렇다면 한 가지만 묻겠네. 그 모든 것을 얻은 뒤에는 무엇을 할 생각인가?"

"그때는 가만히 앉아서 즐거운 인생을 만끽하는 거지."

그러자 시니어스가 말했다.

"그럼, 지금은 그 인생이란 걸 즐겁게 지낼 수 없단 말인가?"

가난한 자들은
그들이 부유해지면
행복하게 되리라 생각하고,
부유한 자들은
자신들의 위궤양이 다 나으면
행복하게 되리라 생각한다.

130
충고

나스루딘은 어느 날 한 부자를 찾아가서 돈을 요구했다.
"그 돈으로 무엇을 하려고 그러시오?"
"코끼리를 사려고 합니다."
"그렇지만 코끼리를 키우려면 또 많은 돈이 필요할 텐데요."
그러자 나스루딘은 날카롭게 대꾸했다.
"난 돈을 요구했지, 당신의 충고를 요구한 게 아니란 말이오!"

규정대로

한 하사관이 신병 소대를 모아놓고 소총 개머리판을 왜 호두나무로 만드는지 아느냐고 물었다.

"다른 나무보다 단단하기 때문입니다."하고 한 사람이 말했다.

"틀렸다."라고 하사관은 말했다.

"탄력성이 뛰어나기 때문입니다."

"아니, 틀렸다."

"더 반들거리기 때문입니다."

그러자 하사관이 말했다.

"너희들 정말 배워야 할 게 많구나. 호두나무를 사용하는 이유는 간단하다. 규정에 그렇게 적혀있기 때문이다!"

법의 이행

어느 날 물라 나스루딘은 산책길에서 다이아몬드 하나를 주웠다. 그런데 법에 의하면, 물건을 주운 사람이 주인이 될 수 있으나, 다만 그것을 자신이 발견했다는 사실을 시장 한가운데서 세 번 알려야 했다.

나스루딘은 그 법을 무시해버릴 만큼 종교적 심성이 약한 사람은 아니었으나, 자신이 발견한 것을 잃어버릴지도 모를 모험을 하기에는 너무나 욕심이 많았다.

그래서 곰곰이 생각을 한 끝에, 3일에 걸쳐 모두들 깊이 잠든 한밤중을 이용하기로 했다. 늦은 밤 시장 한가운데로 나가 속삭이듯 조용한 목소리로 사실을 고했다.

"나는 시내로 나가는 길에서 다이아몬드 하나를 주웠소. 잃어버린 사람을 알고 있는 사람은 누구든지 즉시 나에게로 찾아오시오."

한 사람을 제외하고는 물라의 지혜에 응수할 사람은 물론 아무도 없었다.

마지막 셋째 날 밤이었다. 그 사람은 우연히 창가에 서 있다가 물라의 중얼거리는 소리를 들었다. 그가 물라에게 무슨 말을 했느냐고 묻자 나스루딘은 대답했다.

"내가 자네에게 말할 의무 같은 건 당연히 없네. 하지만 이 정도는 말해줘도 좋겠지. 나는 종교인이니만큼, 한밤중에 저기 시장 한가운데 나가서 어떤 말을 발설함으로써 법을 이행했다네."

어떤 형제

　기혼인 형과 독신이 동생이 함께 농장을 경영하고 있었다. 그 농장은 땅이 비옥해서 풍성한 수확을 거두었고, 형제는 곡식을 반씩 나누어 가졌다.

　처음에는 아무런 문제가 없었다.

　그러나 점점 기혼인 형이 밤에 자다가 문득 깨어서 생각하기 시작했다.

　'이건 아무래도 불공평해. 동생은 홀몸인데 수확의 반만 가져가고 있어. 아내가 있고 자식이 다섯이나 있는 나는 노년에 필요한 것은 다 보장되어 있는 셈이잖아. 하지만 가엾은 동생은 늙으면 돌봐줄 그 누구도 없잖아? 그러니 동생은 장래를 위해서 지금보다 훨씬 많이 저축을 해야 해. 분명히 나보다 동생이 더 많이 가져야 해.'

　그런 생각으로 그는 매일 밤 몰래 자리에서 나와 동생의 곳간에 곡식을 한 섬씩 가져다 부어놓곤 했다.

　그런데 독신인 동생도 역시 어느 때부터인가 밤이 되면 이런 생각에 시달리기 시작했다. 그는 번번이 자다가 깨어서 혼잣말을 했다.

'이건 아무래도 잘못된 거야. 형님은 형수님이 있고 아이들이 다섯이나 있는데도 수확의 반만 가져가고 있어. 나야 혼자만 먹고 살면 되잖아? 그런데 나보다 훨씬 더 많이 가져가야 할 형님이 나하고 똑같이 나눠 가져서야 되겠어?'

그래서 동생 역시도 매일 밤 자리에서 나와 형의 곳간에 곡식을 한 섬씩 가져다 붓곤 했다.

그러데 하루는 둘이 같은 시각에 자리에서 나왔고, 등에 곡식을 한 섬씩 짊어지고 상대방 곳간으로 가던 중, 길에서 마주치게 되었다.

여러 해가 지나고 그들이 세상을 떠난 후, 그 이야기가 사람들 사이로 퍼져 나갔다. 그래서 마을 사람들이 사원을 하나 짓고자 했을 때, 그들은 등에 한 섬씩 곡식을 짊어진 채 두 형제가 만났던 그 지점을 택했다. 그곳보다 경건한 장소는 그 마을의 어디에도 없다고 생각했기 때문이다.

사람들의 종교성을 결정짓는 중요한 것은
예배를 드리는 사람이냐
예배를 드리지 않는 사람이냐가 아니라,
사랑하는 사람이냐
사랑하지 않는 사람이냐이다.

어른의 마음

어느 날 아침, 세 명의 어른들이 주방에서 커피를 마시며 담소를 나누고 있었고, 아이들은 부엌 바닥에서 놀고 있었다.

그들의 화제가 '만일 위험한 일이 벌어지면 어떻게 하겠는가?'라는 것으로 모이자, 그들은 하나같이 제일 먼저 아이들부터 구해야 한다고 했다.

그런데 마침, 압력솥의 안전핀이 떨어지면서 김이 폭발하자 부엌에는 뜨거운 김이 가득 차게 되었다.

2초도 지나기 전에 모두들 부엌 밖으로 도망쳐 나갔다. 부엌 바닥에서 놀고 있는 아이들만 빼고……

제자

한 유대인 저자는 추종자가 되는 것에 대하여 다음과 같은 말을 했다.

"영성은 특별히 노력하는 엘리트들을 위한 것이다. 영성은 사람들에게 받아들여지도록 타협하지 않는 법이며, 따라서 쓴 약보다 단 꿀을 원하는 대중과 야합하지 않는 법이다.

예수를 따라가던 큰 무리가 있었는데, 그때 그분은 그들에게 이런 말씀을 하신 적이 있다.

'솔직히 말해서 여러분 가운데 어느 누가 망루를 세우려 한다면, 그는 우선 완성할 만큼의 자금이 있는지 계산하지 않겠습니까? 마찬가지로 만 명의 병사를 거느린 어느 왕이 이만 명의 병사를 거느린 다른 왕과 대전할 위기에 놓였다면, 먼저 자기가 이길 승산이 있는지 없는지를 따져보지 않겠습니까? 그리하여 자신이 불리하다고 판단된다면 적이 아직 멀리 있을 때에 사신을 보내어 타협을 할 것입니다.

그러나 여러분들이 내 제자가 되고 싶다면, 누구든지 자기 소유를 모두 버릴 준비가 되어있지 않는 한 내 제자 될 수 없습니다.'"

많은 사람들이 당신을 추종하게 되거든
어디에서 당신이 잘못되어 갔는지를 돌이켜 보아라.
사람들은 정작 진실은 원하지 않으면서
재확인만을 원한다.

개

　개에게 간유가 좋다는 말을 들은 어떤 사람이 많은 양의 간유를 매일 개에게 먹이기 시작했다. 그러나 개가 싫어하자, 억지로 개의 머리를 자기 무릎 사이에 끼고서 턱을 벌리게 한 뒤 목구멍으로 부어넣곤 했다.

　어느 날 버둥대던 개가 그만 그 간유통을 쓰러뜨려 간유가 바닥에 엎질러지고 말았다.

　그런데 그때서야 그는 비로소 그 개가 싫어했던 것은 간유가 아니라 자신의 방법이었음을 깨닫게 되었다. 그 개는 바닥에 엎질러진 그 간유를 혀로 핥아먹기 시작했던 것이다.

정신적 구속

　20피트나 되는 높은 곳에 동굴이 하나 있었다. 그런데 그 동굴이 있는 곳을 매일 오르내리는 곰이 한 마리 있었다.

　5년이라는 세월이 지난 뒤 그 동굴은 없어지고 말았는데, 여전히 그 곰은 20피트나 되는 높이의 그곳을 오르내리고 있었다.

　동굴의 실재는 사라졌으나, 그 곰에게는 여전히 그 곳에 동굴이 존재하고 있었던 것이다.

사람을 구속하는 것은
실체가 아니라 바로 정신적인 것이다.

개구리의 기도

　어느 날, 밤기도를 하고 있던 브루노 수사는 개구리 한 마리가 개굴개굴 울어대는 소리에 정신을 집중할 수가 없었다. 그 소리를 무시하려고 애를 써봤지만 모두 헛수고였다. 그래서 참다못한 그는 창문을 열고 소리를 질렀다.

　"조용히 좀 해라! 난 지금 기도중이다."

　브루노 수사는 성인이었기에 그의 명령은 즉각 효험이 있었다. 기도하기에 알맞은 조용한 분위기를 만들기 위해 삼라만상이 침묵하게 되었던 것이다.

　그러나 개구리 울음 소리가 그치자 이번에는 또 다른 소리로 인해 브루노 수사의 기도가 중단되었다.

　그의 내면의 목소리가 말했다.

　"어쩌면 하느님께서는 네가 시편 노래하는 것을 기뻐하시듯이 저 개구리가 개굴개굴 우는 소리를 기뻐하실 지도 모를 일이지."

　"하느님께서 개구리 우는 소리 따위를 듣기 좋아하실 리가 있어?"하고 브루노 수사는 비웃으며 대꾸했다.

　그러나 여전히 그 목소리가 말했다.

　"너는 하느님께서 그 소리를 만들어내신 이유가 뭐라고 생각하는 거지?"

브루노 수사는 그 이유를 찾아내기로 결심하고는 창문 밖으로 몸을 내밀고 다시 명령했다.

"노래해도 좋다!"

그러자 그 개구리의 개굴개굴 우는 규칙적인 소리가 정적을 깨뜨리더니, 이어 근처에 있던 다른 개구리들의 우스꽝스러운 반주와 어울려 밤하늘로 울려 퍼졌다. 브루노 수사는 그 소리에 귀를 기울여봤다.

그러자 어찌된 영문인지 이제는 그 소리들이 전혀 방해가 되지 않았다. 듣지 않으려 애쓰지 않는다면, 오히려 그 소리들이 밤의 고요를 더욱 짙게 해준다는 것을 깨달았기 때문이다.

그것을 깨달은 브루노 수사의 마음은 삼라만상과 조화를 이루게 되었고, 난생 처음으로 기도의 진정한 의미를 이해하게 되었다.

전문직

가톨릭 신자들은 사제에게 자신의 죄를 고백하고, 하느님의 용서를 구한 표시로 사제의 사죄를 받는 것이 관례로 되어있다.

그런데 고해자들이 지나칠 정도로 빈번하게 하느님의 징벌을 막아주는 무슨 보증서나 자격증처럼 이것을 남용하게 됨에 따라, 애석하게도 하느님의 구원보다는 사제의 사죄를 더 신뢰하게 될 위험성이 있다.

그래서 이러한 고해성사에 모순을 느낀 중세기의 이탈리아 화가 뻬루기니는, 벌을 받는 것이 겁이 나서 고해성사를 하고자 하는 생각이 드는 동안에는 아예 성사를 보지 않겠다고 결심했다. 그것이야말로 하느님에 대한 모독이라고 생각했던 것이다.

그 화가의 깊은 뜻을 알아차리지 못한 그의 부인이, 한번은 고해성사를 하지 않고 죽는 것이 두렵지 않느냐고 물었다. 그러자 뻬루기니는 대답했다.

"이봐요, 이렇게 생각하면 되지 않겠소.

그림 그리는 것이 내 전문이었고, 난 화가로서 유능했었소. 하느님의 전문직은 용서를 해주시는 건데, 그분께서 내가 내 전문직을 잘해 왔듯이 당신 일을 유능하게 하신다면, 내가 무엇을 겁낼 필요가 있겠소?"

농부의 기도

한 가난한 농부가 어느 날 밤 늦게 시장에서 집으로 돌아가던 중 숲속 한가운데서 마차 바퀴가 빠져 달아나고 말았다.

이 불운한 상황에 처해 기도를 드리려 했던 그는 마침 기도책을 집에 두고 왔다는 것을 깨달았다. 그는 기도를 바치지 않은 채 이 하루를 보내야 한다는 것에 마음이 아팠다.

그래서 그는 이런 기도를 드리기 시작했다.

"저는 아주 멍청한 짓을 했습니다, 주님. 아침에 집을 나설 때 기도책을 잊고 그냥 나왔습니다. 저는 워낙 기억력이 나빠서 기도책 없이는 한 구절의 기도문도 외울 수가 없습니다. 그래서 말인데요, 제가 천천히 알파벳을 다섯 번 읊조릴 터이니, 모든 기도를 다 알고 계시는 당신께서 그 글자들을 조립하셔서 제가 기억해 낼 수 없는 그 기도문들을 만들어 주십시오."

그런데 주께서 천사들에게 말씀하셨다.

"참으로 소박하고 참된 마음에서 비롯된 이 기도는, 오늘 내가 들은 모든 기도 중에서 가장 훌륭한 기도였다."

진주

　강가에 앉아 묵상에 열중하고 있는 한 성인이 있었다. 한 제자가 그에게 가까이 오더니 머리를 조아리고는 존경의 의미로 두 개의 커다란 진주를 그의 발 앞에 헌납하는 것이었다.

　그때 눈을 뜬 성인은 그 진주 중 하나를 주워 들더니 이리저리 보았다. 그런데 진주를 너무 소홀히 다루는 통에 그만 그 진주는 강물 속으로 굴러 떨어져 버리고 말았다.

　깜짝 놀란 그 제자는 재빨리 물속에 뛰어 들어 진주를 찾아봤지만 허사였다. 그러나 그 제자는 포기하지 않고 계속해서 물속으로 잠수해 들어가 진주를 찾는 데 열중했다. 하지만 진주는 찾아낼 수가 없었다.

　마침내 물에 흠씬 젖고 매우 지친 그는 묵상중인 스승을 흔들어 깨우며 말했다.

　"선생님께서는 그 진주가 빠지는 것을 보셨으니, 그것이 어디쯤 있는지 아실 겁니다. 그 곳을 일러 주시면 제가 물속으로 들어가 그것을 건져오겠습니다."

　그러자 그 성인은 남은 한 개의 진주마저 집어 들더니 그것을 강물 속으로 집어 던지며 말했다.

"바로 저 곳일세."

사물을 소유하려 하지 말라.
그것은 절대 소유될 수 있는 것이 아니다.
당신 자신이 그것에 소유되지 않도록 주의하라.
그리하면 당신은 창조의 주인이 될 것이다.

힌두교 현자와 예수

　어느 힌두교 현자가 〈예수의 생애〉를 읽어달라고 했다. 그러다가 예수께서 나사렛 사람들에게 배척당하신 사실을 알게 된 그가 큰소리로 말했다.

　"자기 회중이 몰아내고 싶어 하지 않는 랍비는 랍비가 아니지."

　그리고 다른 사람도 아닌 제관들이 바로 예수를 죽게 한 장본인들이라는 것을 알고 나서는 탄식하며 말했다.

　"사탄이 온 세상을 한꺼번에 다 현혹시키기는 힘들 거야. 그래서 그는 지구의 각 도처에다가 우수한 성직자들을 지명해 두는 것이 틀림없어."

"예수께서 가시는 곳에서는
혁명이 일어났건만,
내가 가는 곳에서는
사람들이 차 대접을 하는구나!"
–어느 주교의 한탄–

구두쇠의 기도

우연히 엿들은 구두쇠 노인의 기도 :

"만일 하느님께서-그 이름 영원토록 복되시기를-저에게 십만 달러를 주신다면, 저는 가난한 이들을 위해 일만 달러를 주겠습니다. 맹세하겠습니다.

하느님께서-영원토록 영광되시기를-저를 믿을 수 없으시다면, 그 일만 달러를 제하고 남은 나머지만 저에게 보내 주십시오."

신경이 날카로운 아이(?)

어린 소녀 메리는 엄마와 함께 바닷가로 놀러갔다.

"엄마, 나 모래를 갖고 놀아도 되죠?"

"안 돼, 옷이 더러워지잖니."

"그러면 물속에서 노는 건 괜찮죠?"

"안 된다. 그러다간 길을 잃을 염려가 있다구."

"엄마, 아이스크림이 먹고 싶어요."

"안 돼. 단 것은 몸에 해로워!"

이제 어린 딸 메리는 울며 떼를 쓰기 시작했다.

그러자 엄마는 얼굴을 돌려 옆에 있는 다른 부인을 쳐다보며 이렇게 말했다.

"아유, 저렇게 신경이 날카로운 애가 또 어디 있겠어요?"

148

버스

　이미 버스가 끊어진 지 오래인 한밤중에 술에 잔뜩 취한 두 명의 남자가 버스 정류장에 서 있었다. 몇 시간이 지난 후에야 버스가 끊어진 지 오래 되었다는 사실을 깨달은 그들은 그제서야 어쩔 줄 모르고 이리저리 주위를 둘러보았다.

　때마침 그들은 저쪽 편 주차장에 꽤 많은 버스가 주차되어 있는 것을 보았다. 그들은 그 버스 중 하나를 빌려 직접 운전해 가기로 결정하고는 그 주차장으로 걸어갔다.

　그러나 어찌된 일인지 그들이 찾는 버스는 거기에 없었다.

　그러자 한 사람이 이렇게 외쳤다.

　"어떻게 이럴 수가 있지? 백 대도 넘는 저 버스 중에서 36번 버스가 한 대도 없다니 말이야."

　그러자 다른 한 사람이 이렇게 대답했다.

　"걱정할 것 없어. 일단 22번 버스를 타고 그 종점까지 운전해 가는 거야. 그리고는 거기서 집까지는 2마일 정도밖에 안되니까 걸어가면 된다구."

낭떠러지에 걸린 무신론자

어떤 무신론자가 그만 낭떠러지로 떨어졌다. 밑으로 굴러 떨어지던 그는 가까스로 작은 나뭇가지를 하나 붙잡았다.

위로는 저 멀리 하늘이요, 밑으로는 천 길이나 아득한 바위 사이에 매달리게 된 그는 자신이 그 가지를 붙잡고 그다지 오래 버티지 못할 것을 알고 있었다.

그때 문득 어떤 생각이 떠올랐다.

"하느님!"하고 그는 온 힘을 다해 소리쳤다.

그러나 침묵! 아무런 대답이 없었다.

그는 다시 외쳤다.

"하느님! 만약 당신이 존재하신다면 저를 구해주십시오. 그러면 반드시 당신을 숭배할 것이며, 다른 사람들에게도 믿음을 전할 것을 약속합니다."

얼마간의 침묵이 있은 후, 협곡을 가르며 문득 엄청나게 우렁찬 목소리가 쩌렁쩌렁 울려왔다. 그는 너무나 놀라서 하마터면 그 가지를 놓칠 뻔했다.

"곤경에 처했을 때면 모두들 그런 소리를 하지."

"아니에요, 하느님. 그게 아닙니다!"

이제 그는 좀 더 희망적인 목소리로 외쳤다.

"저는 다른 사람들과 같지 않다고요. 보세요, 저는 직접 당신의 목소리를 들은 그 순간부터 이미 하느님의 존재를 믿기 시작한 걸 모르시겠어요? 이제 저를 구해주실 일만 남았습니다. 그러면 당신의 존재를 세상 끝까지 알리도록 하겠습니다."

그러자 그 목소리가 말했다.
"그러면 너를 구해줄테니, 그 가지를 놓아라."
"가지를 놓으라구요?" 하고 마음이 흔들린 그가 외쳤다.
"제가 정신이 나간 줄 아세요?"

전하는 바에 의하면,
모세가 홍해에 지팡이를 던졌을 때는
바라던 기적이 일어나지 않았다고 한다.
맨 앞에 있던 사람이 바다 속으로 걸어 들어갔을 때,
그때 비로소 파도가 걷히면서 물이 저절로 갈라져
유대인들이 건너갈 수 있는 마른 길을 내어 주었다는 것이다.

어른과 어린이

설탕을 녹여 여러 가지 동물이나 새 모양을 만들어 파는 사람이 있었다.

그가 만든 그것들을 사 간 어린아이들은 대개 그가 보는 앞에서 다투곤 했다.

"네 호랑이보다 내 토끼가 더 좋아."

"내 다람쥐는 네 코끼리보다 덩치는 작지만 더 맛있어."

그런 아이들을 지켜보는 그 사람은 어이없는 웃음을 터뜨리지 않을 수 없었다.

그러나 어른들도 역시 '이 사람이 더 낫다, 저 사람이 더 좋다.' 는 등 사람들을 놓고 비교하는 것이 어린아이들과 다를 바가 하나도 없었다.

깨달은 이는,
우리를 분열시키는 것이
우리의 본성이 아니라
우리의 문화와 환경임을 안다.

수프를 만드는 돌

어느 날 한 부인이 누군가 현관문을 두드리는 소리를 들었다. 문을 열고 보니 그곳에는 매우 잘 차려입은 낯선 신사가 먹을 것을 청하며 서 있었다.

그러자 부인은 매우 오만한 표정을 지으며 말했다.

"대단히 미안하지만 지금 집안에는 먹을 것이라곤 하나도 남은 게 없군요."

그러자 그 낯선 이가 말했다.

"걱정할 것 없습니다. 저를 집안으로 들여보내 주시기만 한다면 제가 갖고 있는 '수프를 만드는 돌'로 수프를 만들어 드리겠습니다. 아주 간단합니다. 끓는 물에 이 수프를 만드는 돌을 넣기만 하면 세상에서 다시는 맛볼 수 없는 수프가 되는 것입니다. 가능한 한 큰 그릇을 준비해 주십시오."

그 낯선 이의 말에 마음이 끌린 부인은 그를 집안으로 들어오도록 허락한 뒤, 커다란 냄비에 물을 붓고 불 위에 올려놓았다. 그리고는 이웃집으로 건너가 그 수프를 만드는 돌에 대해 이야기를 해주었다. 그러자 그 소문이 온 마을에 퍼졌고, 물이 끓을 때쯤 해서 소문을 들은 마을 사람들이 그 부인의 집으로 몰려왔다.

낯선 방문객은 끓는 물에 돌을 넣고는 물을 한 스푼 떠서 맛을 보았다. 그리고는 감탄하며 말했다.

"음, 근사해. 여기에 감자만 조금 넣으면 되겠어."

그러자 구경하던 한 부인이 "감자라면 저희 집에 조금 있어요." 라고 큰소리로 말하더니, 집으로 달려가 매우 많은 감자를 잘게 썰어가지고 와서 끓는 물속에 넣었다.

그 낯선 이는 다시 수프의 맛을 보고 나서 말했다.

"고기가 조금 있으면 정말 기가 막힐 텐데……."

그러자 다른 한 부인이 집으로 달려가 고기를 가져다 주었다. 낯선 이는 이것을 냄비에 모두 넣고는 다시 맛을 보았다.

"오, 이 맛이라니! 다른 채소를 조금만 넣으면 정말 진미가 될 텐데……."

한 부인이 집을 향해 달려가더니, 조금 뒤 바구니에 당근과 양파 등의 채소를 가득 담아들고 나타났다. 그것을 냄비 속에 넣은 그는 한 스푼 맛을 보더니 말했다.

"소금과 간장!"

"여기 있어요."하며 집주인이 소금과 간장을 건네주고 나자 또 다시 명령이 내렸다.

"그릇."

그러자 사람들은 모두 자기 집에 가서는 그릇을 가져왔다. 그들 중에는 빵과 과일을 가지고 온 사람들도 있었다.

사람들은 모두 식탁에 둘러앉았고, 그 낯선 사람과 몇 명의 부인들이 그 맛있어 보이는 수프를 그릇에 옮겨 담았다.

지금껏 마을 사람들은 그런 식사를 해본 적이 한 번도 없었다. 그들은 즐거운 이야기를 나누었고, 마음껏 웃고 떠들며 식사 시간을 보냈다.

그들이 한창 즐거이 웃고 떠드는 가운데, 그 낯선 방문객은 조용히 집을 빠져나와 어디론가 사라져 버렸다. 세상에서 가장 아름다운 그 '수프 만드는 돌'을 그곳에 그대로 남겨둔 채.

이제 그 마을 사람들은 원할 때면 언제든지 그 맛있는 수프를 만들 수 있을 것이다.

제 4 장

철학자의 구두

사람은 인생이라는 카드게임에서
자신의 모든 능력을 발휘한다.
주어진 패만으로 게임하지 않고,
받았어야 할 패를 아쉬워하며
그 패에 미련을 두는 사람들.
이들이야말로 인생의 실패자들이다.

명예

어느 젊은 작가가 마크 트웨인을 찾아왔다. 그는 자신이 점점 작가로서의 능력을 상실해가는 것 같아 자신감이 없어진다고 말하며 이렇게 물었다.

"선생님께서도 그런 감정 때문에 고민해본 적이 있으십니까?"

"한 번 있었지요. 글을 시작하고서 15년이 지난 어느 날 문득 내 능력이 점점 부족해진다는 생각이 들었었죠." 하고 마크 트웨인이 대답했다.

"그럼 그때 어떻게 하셨습니까? 글쓰기를 단념하셨나요?"

"어떻게 그럴 수 있겠소. 나는 그때 이미 유명해져 있었는데."

158
어떤 도움

꽁무니를 맞댄 채 두 대의 트럭이 정차해 있었다. 그곳에는 한 운전수가 진땀을 빼며 그 위에서 커다란 운송 상자를 한쪽 트럭에서 다른 쪽 트럭으로 옮기고 있었다.

때마침 그 옆을 지나던 행인이 그 광경을 보고는 도와주겠노라고 나섰다.

30분 정도 시간이 흘렀지만, 어찌된 영문인지 그들은 그 상자를 전혀 옮기지 못한 상태였다.

기진맥진한 행인이 더 이상 참지 못하고 말했다.

"이거 이래가지고는 도저히 안 되겠어요. 우리 둘이서는 절대로 내릴 수가 없겠는 걸요!"

형제간이라니?

　개를 데리고 나간 한 사냥꾼이 나무 뒤에서 뭔가 움직이는 것을 보고는 자기 개를 보냈다. 그 개는 사냥꾼이 사냥을 하기에 좋은 위치로 여우를 몰았다.

　여우는 총에 맞고 죽어가면서 사냥개에게 말했다.

　"너는 여우하고 개가 같은 형제간이란 말을 들은 적도 없니?"

　"확실히 들은 기억은 있어. 하지만 그건 이상주의자들과 머저리들을 위한 말이야. 실제적인 사고방식을 가지고 행동하는 자들에게 있어서 형제관계란 이해관계와 일치하지."하고 개가 대답했다.

슬프도다.
대부분의 사람들은
미워하기에는 넘치는 종교를 지니고 있건만,
사랑하기에는 부족한 종교를 가지고 있다.

그리스도 정신

마하트마 간디의 자서전을 보면, 그는 남아프리카 학창시절 당시 성경에, 특히 산상설교에 매혹되었다고 한다.

그는 수세기 동안 인도를 괴롭혀온 카스트 제도를 해결할 수 있는 것은 오직 그리스도 정신뿐이라는 확신을 갖게 되었다. 그리고 그리스도인이 되는 것에 대해 진지하게 생각했었다.

어느 날 그는 설교를 듣기 위해 예배 시간에 참석하려고 어떤 성당에 갔는데, 그만 입구에서 제지당하고 말았다.

문지기는 그에게 점잖게 말하기를, 흑인들을 위해 따로 마련된 성당으로 가서 예배를 보는 것이 좋을 것이라고 했다.

그는 떠났고, 다시는 돌아오지 않았다.

선택

92세의 유대인 골드슈타인은 폴란드에서 유대인 학살을 겪었다. 그는 독일 강제 수용소에서 지냈으며, 그 외에도 수많은 유대인 박해를 겪게 되었다. 어느 날 몹시 속이 상한 그는 말했다.

"오, 주님! 정녕 우리가 당신께서 선택하신 백성이라는 사실이 맞습니까?"

그러자 하늘에서 대답하는 목소리가 있었다.

"그렇다, 골드슈타인. 유대인들은 내가 선택한 백성이다."

"그렇습니까? 그러시다면, 이제는 다른 누군가를 선택하실 때가 되지 않았는지요?"

결혼은 싫어

　아랍의 한 공주가 어느 한 노예와 결혼을 하고 싶어 했다. 왕이 아무리 설득하고 협박을 해봐도 공주는 막무가내였다. 그리고 신하들도 그 결혼을 막을 아무런 방법도 강구하지 못했다.

　어느 날 한 지혜로운 노 학자가 왕을 뵙게 되었다. 그는 그 사정 얘기를 듣고는 이렇게 말했다.
　"폐하의 방법에는 문제가 있는 것 같습니다. 공주님의 결혼을 반대할수록 공주님은 폐하를 더 원망하게 될 것이고, 오히려 그 노예에게 마음이 끌리게 될 것입니다."

　"그러면 대체 어떻게 하면 좋겠나?"하고 왕이 묻자 학자는 한 가지 방법을 제시했다.
　왕은 미덥지는 않았으나 한 번 시험해 보기로 하고, 그 노예와 공주를 불러다 놓고 말했다.
　"이 남자에 대한 너의 사랑이 어느 정도인지 시험해 볼 것이다. 이제 그 남자와 함께 30일 간 조그마한 방 안에 갇혀서 지내보아라. 그 기간이 지나고 나서도 여전히 그와 결혼하고 싶다면 그때는 네 청을 들어주겠다."

공주는 너무나 기쁜 나머지 아버지를 끌어안고서 어쩔 줄을
몰라했고, 당연히 그 시험에 응했다.

며칠 동안은 아무 무리가 없었다. 하지만 얼마 지나지 않아 공
주는 권태롭기 시작했다. 일주일도 못되어 다른 사람들을 그리
워하게 되었고, 그 남자의 모든 말과 행동에 화를 내기 시작했다.

그리고 두 주일이 지나고 나서, 공주는 더 이상 참을 수가 없
어서 소리를 치며 방문을 두드려댔다.

마침내 그 방에서 풀려나게 된 공주는 아버지에게 달려가 양
팔로 끌어안으며, 이제는 소름끼치도록 싫어진 그 남자에게서
자신을 구해준 것을 몹시 고마워했다.

따로 사는 것이
함께 살기를 쉽게 한다.
거리가 없이는,
사람은 관계를 가질 수 없다.

망고나무

장마가 막 시작되는 계절에 매우 연로한 노인 하나가 정원에서 구덩이를 파고 있었다. 그 광경을 본 이웃 사람이 그에게 물었다.

"무엇을 하고 계십니까?"

"망고나무를 심고 있다오."

"그 나무에서 열리는 망고열매를 따 먹고 싶으신 거군요?"

"아니오, 난 그리 오래 살지 못할게요. 대신 다른 이들이 따게 되겠지요. 근래에 문득 이런 생각이 들더군요. 나는 일평생 다른 사람들이 심어놓은 망고나무에서 열매를 따먹으며 즐기기만 해왔다고 말이에요. 난 지금 내 나름대로 그 사람들에 대한 감사의 마음을 전하는 거라오."

165

이름

첫 아이의 이름을 짓기 위해 말다툼을 하던 한 부부가 있었다.

그들은 서로 자신의 아버지 이름을 따서 아이의 이름을 짓고 싶어 했다. 해결책을 찾지 못한 그들은 결국 랍비를 찾아가서 부탁을 했다.

"부친의 성함이 어떻게 되오?"하고 랍비가 남편에게 물었다.

"아비자입니다."라고 남편이 대답했다.

"부친의 성함은 또 무엇이오?"하고 랍비가 아내에게 묻자,

"아비자입니다."라고 부인이 대답했다.

"그렇다면 도대체 뭐가 문제요?"하고 영문을 알 수 없다는 듯이 랍비가 물었다.

그러자 부인이 말했다.

"저희 아버지는 학자셨고, 저 사람의 아버지는 말도둑이셨다는 게 바로 문제지요. 어떻게 그런 저 사람의 아버지 이름을 따서 제 아들의 이름을 지을 수 있겠습니까?"

영문을 듣고 보니 정말 애매한 문제였으나, 어느 한쪽의 편을 들 수는 없었기에 랍비는 매우 진지하게 생각에 잠겼다. 마침내 랍비는 이렇게 말했다.

"이렇게 하면 어떻겠습니까? 그 아이의 이름을 아비자로 하시오. 그리고서 그 아이가 이다음에 학자가 되는지, 말도둑이 되는지 지켜보시오. 그러면 그 아이가 누구의 이름을 땄는지 알게 될 거요."

다른 구역의 신자

한 설교자가 있었다. 그는 설교능력이 매우 뛰어났기에, 그의 설교를 들은 사람들은 모두 감동한 나머지 눈물을 흘렸다.

그러나 엄밀히 말하자면 모두는 아니었으니, 맨 앞줄에 앉은 한 신사는 그 설교에 그다지 감명 받지 않은 표정으로 그를 빤히 바라보고 있었기 때문이다.

예배시간이 끝난 뒤, 어떤 사람이 그에게 말했다.

"당신도 설교를 들으셨겠지요?"

"물론, 귀가 먹지는 않았으니까요."하고 무뚝뚝한 표정의 신사가 말했다.

"어떻습니까?"

"매우 감명 깊어서 울음이 나올 수도 있겠다고 생각했습니다."

"그런데 당신은 왜 울지 않으셨는지 여쭤 봐도 될까요?"

그러자 그 신사가 말했다.

"**왜냐하면, 나는 이 구역에 속한 신자가 아니니까요.**"

사탄의 말

　일설에 의하면, 하느님께서 세상을 창조하시고 그것에 아름다운 축복을 내리셨을 때 사탄도 그 나름으로 환희를 나누었다고 한다. 사탄은 거침없이 펼쳐지는 경이로운 광경을 관상하면서 줄곧 이렇게 외쳤다는 것이다.

　"이 얼마나 좋습니까? 우리 이 세상을 조직화합시다! 그렇게 하여 모든 재미를 없애 버립시다!"

평화 같은 어떤 것을
조직화하려고 시도해 본 적이 있는가?
그렇게 하는 그 순간부터
그 조직의 내부에는
권력의 분쟁과 집단 전쟁들이 발생하게 된다.
평화를 유지하는 오직 한 가지 방법은
그것을 있는 그대로 내버려두는 것이다!

영혼

도브 베르라는 비범한 사람이 있었다. 그는 사람들에게 널리 알려진 탈무드 학자였고 성품이 곧아 타협이라고는 몰랐으며, 웃는 일이라고는 전혀 없었다. 그래서인지 사람들은 그 앞에만 가면 어쩔 줄을 모르고 쩔쩔맸다.

그는 오로지 돈독한 믿음만으로 스스로에게 고통을 가했고, 여러 날을 계속 단식하는 것으로 신앙생활에 충실하려고 했다.

그러한 금욕 생활로 인해 결국 도브 베르는 몸져 눕고 말았다. 그는 몹시 중증이어서 의사들도 어떻게 손을 쓸 수가 없게 되었다. 그러던 중 누군가가 최후의 수단을 제안했다.

"바알 셈의 도움을 구해 보시지요."

바알 셈을 이단자로 간주해 맹렬히 비난해 오던 도브 베르는 처음에는 거부를 했다. 그러나 제자들의 끊임없는 간청 때문에 결국 수락을 하게 되었다.

도브 베르는 삶의 의미를 고통과 시련에 두고 있는 반면, 바알 셈은 조금이라도 고통을 없애주고자 노력했다. 그는 바로 기뻐하는 정신에 삶의 의미가 있다고 가르치는 성인이었다.

요청을 받아들인 바알 셈은 자정이 지나서 양모 코트에 최고급 털모자 복장을 하고서 차를 몰고 왔다. 병자의 방으로 온 그는 도브 베르에게 〈눈부신 아름다움〉이라는 책을 건네주면서 읽어보라고 했다. 그러자 도브 베르는 그 책을 소리내어 읽기 시작했다.

그런데 일 분도 채 지나지 않았을 때, 바알 셈은 책 읽는 것을 중단시키며 말했다.

"뭔가 빠져 있소. 당신의 믿음에는 뭔가가 모자란단 말이오."

"그래, 그게 대체 무엇이오?"하고 도브 베르가 물었다.

그러자 바알 셈이 힘주어 말했다.

"그건 바로 영혼이오."

비행기 안에서

비행기 안에서 체구가 작은 한 유대인 노 부인이 옆자리에 앉은 덩치가 큰 스웨덴 사람을 뚫어져라 쳐다보고 있었다.

노 부인은 더 이상 못 참겠다는 듯이 그에게 돌아앉으며 말했다.

"죄송하지만, 당신은 유대인이시지요?"

"아닙니다."

몇 분 후에 노 부인은 그를 향해 돌아앉으며 재차 말했다.

"나에게는 말해도 괜찮아요. 당신은 유대인이 맞지요? 안 그래요?"

"정말로 그렇지 않습니다."

다시 몇 분 동안 그를 차근차근 훑어보던 노 부인은 또다시 그에게 말했다.

"난 알 수 있어요. 당신이 유대인이라는 걸 말이에요."

마침내 그 남자는 성가신 부인을 떨쳐 버리기 위해서 말했다.

"음……. 좋아요, 그래요. 난 유대인이에요!"

그러자 그를 다시 쳐다보고 난 노 부인은 고개를 저으며 말했다.

"당신은 정말이지, 그렇게 안 보이네요."

우리는 자신의 결론부터 내린다.
그러고 나서 어떻게든 거기까지 도달할 수 있는 방법을 찾아낸다.

빛

어느 화창한 봄날이었다. 스페인 화가인 엘 그레꼬의 집에 한 친구가 방문을 했다. 친구는 문을 꼭꼭 닫고 커튼을 친 채로 방 안에 앉아 있는 그레꼬를 보고는 한심스런 생각이 들어 말했다.

"여보게, 햇빛을 좀 쬐는 게 어떻겠나?"

"지금은 그럴 수 없어. 그렇게 하면 내 안에서 빛나고 있는 빛을 어지럽힐 테니까."

※

어떤 랍비가 나이가 들고 눈이 멀게 되었다. 그래서 그는 책을 읽을 수도 없을뿐더러, 찾아오는 사람들의 얼굴도 알아볼 수 없게 되었다.

한 안과의사가 그에게 말했다.

"제 손에 랍비님을 전부 맡기십시오. 그러면 당신의 눈을 고쳐드리겠습니다."

그러자 랍비가 대답했다.

"그럴 필요는 없을 것 같소. 난 나에게 필요한 것은 모두 볼 수 있다오."

눈을 감은 사람이라고 해서
모두가 자고 있는 것은 아니다.

성난 황소

어느 날, 들판을 걸어가던 두 명의 남자가 성난 황소 한 마리를 보았다. 그들은 성이 나서 쫓아오는 그 황소를 피하기 위해 재빨리 울타리 쪽으로 뛰었다.

그러나 곧 그들이 거기까지 가지 못하리라는 것이 확실해지자, 한 사람이 다른 사람에게 외쳤다.

"이제 끝장이다! 아무 것도 우리를 구할 수가 없어. 기도문을 하나 외워. 빨리!"

그러자 다른 사람이 대답했다.

"난 평생 기도라고는 해 본 적이 없는 걸. 이런 경우에 어떤 기도를 해야 하는지 아는 것도 없고."

"상관없어. 황소가 금방 덮칠 걸세. 아무 기도나 하면 되겠지 뭘."

"그럼, 우리 아버지가 식사 전에 하시던 기도가 있는데, 그걸 바치기로 하지. 주님, 우리가 받게 될 것들에 대해서 진정 감사하게 해 주십시오."

세상의 모든 일들을
있는 그대로 받아들이는 그런 사람들의 경건함보다
더 나은 것은 세상에 없다.

사람은 인생이라는 카드게임에서
자신의 모든 능력을 발휘한다.
주어진 패만으로 게임하지 않고,
받았어야 할 패를 아쉬워하며
그 패에 미련을 두는 사람들.
– 이들이야말로 인생의 실패자들이다.

우리는 게임을 하겠느냐는 선택의 질문을 받지 않았다.
인생은 선택이 아니다.
게임은 당연히 해야만 한다.
단지 선택을 해야 할 것은 방법이다.

할머니의 침묵

할아버지와 말다툼을 하고 난 뒤 매우 화가 난 할머니가 할아버지와 말을 하려 들지 않았다. 할아버지는 다음날 말다툼에 대해서 까맣게 잊어버렸으나, 할머니는 여전히 화가 풀리지 않아 말을 하지 않았다.

할아버지는 토라져서 입을 다물고 있는 할머니의 말문을 트이게 만들 방도를 도저히 찾을 수 없을 것 같았다.

그래서 할아버지는 곰곰이 생각을 하다가 갑자기 벽장과 서랍들을 뒤적거리기 시작했다. 그런데 할아버지가 그 일을 그치지 않고 계속하자, 할머니는 더 참을 수 없게 되었다.

"도대체 뭘 찾고 계시우?" 할머니는 볼멘소리로 물었다.

"아이고, 이제 찾았군." 하고 할아버지는 능청맞게 웃으며 말했다.

"당신 목소리를 말이오!"

당신이 찾고 있는 것이 신이라면,
뭔가 다른 방법으로 찾아보라.

여긴 천국이 아니야!

한 고행자가 있었다. 그는 평생을 독신으로 지내며 인간 내부의 성욕에 대항하는 것을 삶의 사명으로 삼았다. 그러다가 때가 되어 세상을 떠났는데, 스승의 죽음에 매우 상심한 그의 제자도 얼마 뒤 스승의 뒤를 따라 죽게 되었다.

저승에 당도한 그 제자는 도저히 믿을 수 없는 광경을 목격했다. 그토록 존경하던 스승이 넋이 나갈 정도로 황홀한 미인을 무릎에 앉혀놓고 있는 것이 아니겠는가!

그러나 제자는 곧 스승이 지상의 금욕 생활에 대한 보상을 받고 있다고 생각하고는 놀라움을 거두었다.

"스승님, 이제 저는 하느님께서 공평하다는 사실을 깨달았습니다. 지상에서 스승님의 금욕 생활에 대한 보상이 천국에서 이루어지고 있으니까요."

하지만 스승은 몹시 기분이 상한 기색이었다.

"멍청이 같으니! 여긴 천국이 아니야. 그리고 내가 보상을 받고 있는 것이 아니라, 이 여자가 벌을 받고 있는 거라구!"

기찻길 옆의 기차역

녹초가 된 여행자 :

"도대체 무슨 이유로 마을에서 3킬로미터나 떨어진 곳에다
기차역을 세웠는지 모르겠군."

고마워하는 짐꾼 :

"기차 가까이에 기차역을 세우는 것이 좋으리라고 생각했을
겁니다."

철로에서 3킬로미터나 멀리 있는
초현대식 기차역은
삶에서 3센티미터나 떨어진 곳에 있는
지나치게 북적대는 성전만큼이나
어리석은 것이다.

죄수와 개미

여러 해 동안 독방에 갇힌 채 살고 있는 죄수가 있었다. 그는 그동안 아무도 볼 수 없었고, 누구와도 대화를 나눌 수가 없었으며, 식사는 벽에 나 있는 구멍으로 들여보내지고 있었다.

그러던 어느 날, 개미 한 마리가 그의 독방에 들어왔다. 그는 황홀경에 빠져 방을 기어 돌아다니는 그 개미를 바라보며 묵상했다.

그러다가 그 개미를 손바닥에 올려놓고 좀 더 자세히 들여다보기도 하고, 밥알을 한두 알 주었다. 그리고 밤이면 깡통으로 만든 자신의 컵 속에 넣어 두었다.

어느 날 문득, 그는 개미 한 마리의 사랑스러움을 발견하기 위해 자신이 그 기나긴 세월을 독방에 갇혀서 보내야 했다는 것을 깨달았다.

바로 그겁니다!

한 남자가 진찰실에 들어오더니 의사에게 말했다.

"선생님, 이 빌어먹을 두통이 가신 적이 없습니다. 제발 처방을 좀 해주십시오."

의사가 말했다.

"좋습니다. 그러나 처방을 하기에 앞서서 몇 가지 물어보겠습니다. 술은 많이 드시는지요?"

"술이라니요?"하고 그 남자는 화를 내며 말했다.

"저는 그런 불쾌한 것에는 전혀 손도 대지 않습니다."

"그럼 담배는 피우십니까?"

"담배를 피운다는 건 혐오스럽기 짝이 없는 짓이라고요. 전 평생 담배에는 손도 대지 않았습니다."

"이런 질문을 하기는 좀 그렇습니다만……. 어떤 남자들이 종종 그러듯이……, 밤에 은밀한 곳엘 드나드는 일은 있으신지요?"

"그럴 리가 있나요? 도대체 저를 어떻게 보고 그런 말씀을 하시는 거죠? 저는 매일 밤 아무리 늦어도 열 시가 넘어서 잠자리에 드는 적은 없는 걸요."

의사는 말했다.

"그렇다면 말씀하시는 그 두통이라는 게 날카롭게 톡톡 찌르는 듯한 그런 통증입니까?"

"네, 바로 그겁니다. 날카롭게 톡톡 찌르는 듯한 그런 통증이
에요."하고 그 남자는 말했다.

"별거 아니군요! 문제는 너무 꽉 조이는 어떤 후광을 머리에
두르고 계셔서 그런 겁니다. 우리가 당신을 위해서 해드릴 수 있
는 것이라고는 그 후광을 좀 느슨하게 해드리는 것밖에 없겠습
니다."

만일 당신이,
당신의 모든 이상에 맞도록 살고 있다면,
당신은 그 이상들을 지니고 사는 것이
매우 힘들어지게 된다는 것.
그것이 바로 이상들로 말미암아 발생되는 문제이다.

스스로에게 묻기

한 구도자가 수피 자라루딘 루미에게 코란이 과연 읽어서 유익한 책이냐고 물었다. 그러자 그는 대답했다.

"당신이 그 책으로부터 도움을 받을 수 있는 상태에 있는지를 스스로에게 묻는 것이 더 나을 것이오."

어느 그리스도인 성인은 성경에 관해서 다음과 같이 말하곤 했다.

"아무리 유용한 메뉴일지라도 먹기에는 좋지 않다."

지리 시간

지리 시간에 한 어린이가 말하기를 :

"경도와 위도의 좋은 점은 물에 빠졌을 경우에 자기가 어느 지점에 있는지를 소리쳐 알릴 수 있다는 데 있어요. 사람들이 자기를 찾아낼 수 있게 말이에요."

사람들은 지혜를 뜻하는 일련의 단어들을 아는 것으로,
그것이 무엇인지를 안다고 착각한다.
그러나 그 누구도 '천문학'이라는 말의 뜻을 이해한다고 해서
천문학자가 되지는 않는다.
온도계에 입김을 쐬어 눈금이 올라가게 했다고 해서,
바로 그 때문에 방의 온도가 높아지는 것은 아니다.

인도

길을 가던 한 여행자가 어느 날 말을 타고 급히 달려가는 어떤 사람을 보았다. 눈빛이 사나워 보이는 그 남자는 손에 피가 묻어 있었다.

몇 분 후에 한 무리의 말을 탄 사람들이 달려왔다. 그들은 그 여행자에게 혹시 손에 피가 묻은 사람이 지나가는 것을 보지 못했느냐고 물었다. 그리고 자신들은 그를 열심히 추적하는 중이라는 말을 덧붙였다.

그래서 그 여행자는 물었다.

"그 사람이 누굽니까?"

"나쁜 짓을 한 사람이지요."하고 그 무리의 지도자가 대답했다.

"그러면 그를 체포해 법에 따라 처단하기 위해 쫓고 있는 겁니까?"하고 여행자가 묻자, 그 무리의 지도자가 대답했다.

"아닙니다. 그에게 길을 알려 주려고 그러는 겁니다."

세상을 구할 수 있는 것은
정의가 아니라,
오직 화해뿐이다.
정의란 복수를 뜻하는
또 다른 단어에 지나지 않을 뿐이다.

달 감상

    어느 날 밤 케르만의 시인 아화디는 자기 집 현관에서 허리를 굽히고 앉아서 물그릇을 들여다보고 있었다. 우연히 그 앞을 지나던 수피 샴스에 타브리찌는 그 광경을 보고 물었다.

    "뭘 하고 있소?"

    "물속에 뜬 달을 보며 묵상하고 있습니다." 하고 그는 대답했다.

    그러자 샴스에 타브리찌가 말했다.

    "목이 부러진 것도 아닌데, 왜 고개를 들어 하늘에 있는 달을 직접 바라보지 않소?"

말이란 실재의 부적당한 반영들이다.
어떤 사람이 자기는 타지마할을 안다고 생각했다.
그 이유는 누군가가 그에게 대리석 조각 하나를 보여주면서
그런 돌조각들을 모아놓은 것에 지나지 않는 것이
바로 타지마할이라고 했기 때문이다.
또 어떤 사람은 양동이에 담긴 나이아가라 물을 본 적이 있었기에
그 폭포가 어떻게 생겼는지 안다고 자신했다.

이단자

모든 철학자와 성직자, 그리고 법학박사들이 물라 나스루딘을 재판하기 위해 법정에 모였다. 고발 사유는 매우 심각한 것이었다. 그가 온 마을을 돌아다니면서,

"당신네 소위 종교 지도자들은 무지하고 제정신이 아니다."라고 말했던 것이다.

그래서 그는 이단으로 고발되었고, 이에 해당되는 형벌은 다름 아닌 사형이었다.

"먼저 할 이야기가 있으면 해도 좋소."하고 칼리프가 말했다.

물라는 아주 침착하게 말했다.

"종이와 펜을 가져다가 이 중대한 모임에 참석한 분들 가운데 가장 지혜로운 열 분에게 나누어 드리게 하십시오."

그러자 그 점잖은 사람들 사이에서 누가 더 지혜로운가를 결정하느라 큰 논란이 벌어졌다. 마침내 언쟁이 그쳤고, 선택된 열 사람이 각각 종이와 펜을 받게 되자 나스루딘이 칼리프에게 말했다.

"모두들 다음 질문에 답을 쓰게 하십시오. 물질은 무엇으로 구성되어 있습니까?"

시간이 조금 지난 후, 칼리프는 그들이 적은 답을 넘겨받았다. 그가 그 답들을 읽었는데 답은 각양각색이었다. '아무 것으로도 되어있지 않다.', '분자로 되어있다.', '에너지', 또는 '모른다.', '형이상학적 존재' 등등.

그러자 나스루딘이 칼리프에게 말했다.

"물질이 무엇으로 되어 있는지에 대한 의견이 하나로 일치될 때야 비로소 그들은 영혼에 대한 질문들을 재판할 수 있는 자격이 있을 것입니다. 그들 자신을 이루고 있는 것에 관해서조차 각양각색의 답을 하면서, 내가 이단자라는 것에는 의견이 일치하다니 이상하지 않습니까?"

우리네 교의의 다양성이 해로운 것이 아니라
우리의 독단적 교조주의(教條主義)가 해로운 것이다.
그러므로 우리가 제각기
하느님의 뜻이라고 굳게 확신하는 것을 행한다면,
완전한 대혼란이 초래될 것이다.
원흉은 바로 확신이다.
영적인 사람은 불확실함을 안다.
종교적 광신자들은 알지 못하는 마음의 상태를……

철학자의 구두

    한 켤레의 구두만을 가진 철학자가 있었다. 그는 자신의 구두를 수선하기 위해 수선공에게 맡기면서 그 자리에서 바로 손을 봐달라고 했다.

    그러자 구두 수선공이 대답했다.

    "죄송합니다만, 오늘은 문 닫을 시간이 다 되었습니다. 그 구두는 지금 수선할 수 없으니, 오늘 맡겨 놓으시고 내일 찾으러 오십시오."

    "나에게는 구두가 그것 한 켤레뿐이오. 그것이 없으면 신을 것이 없다오."

    "그래요? 그렇다면 헌 구두를 한 켤레 빌려 드리지요."

    "뭐라고요? 다른 사람의 구두를 신으라니, 대체 날 어떻게 보고 하는 소리요?"

    "이보세요, 당신은 머릿속에 다른 사람들의 사상만을 담고 있지 않나요? 그런데 다른 사람의 신발을 좀 신고 다니는 것이 뭘 그리 대수인가요?"

187
울고 있는 이유

어느 대단한 재산가가 세상을 떠났다. 그런데 그의 장례식장에서 낯모르는 사람이 그의 가족들처럼 매우 애통해하며 울고 있었다.

장례식을 맡아 진행하던 사제가 그 모습을 보고는 그에게 다가가 물었다.

"선생께서도 돌아가신 분의 친척이신가보군요?"

"아닙니다."

"그런데 왜 그렇게 애통해하며 울고 계십니까?"

"그건……, 바로 제가 금방 말씀드린 그 이유 때문입니다."

❧

어떤 공장에 화재가 발생했다. 불에 탄 건물이 내려앉고 있는데, 건물주라 자처하는 한 노인이 큰 손해를 보게 되었다고 발을 구르며 울고 있었다.

"아버지, 도대체 왜 우시는 거예요? 우린 나흘 전에 그 건물을 팔아버렸다는 걸 모르세요?"하고 그의 아들이 물었다.

아들이 말을 마치자 노인은 금세 울음을 그쳤다.

모든 슬픔은
-어떤 경우를 막론하고-
자기 자신을 위한 것이다.

닭고기 국물을 드리세요!

어떤 마을 극장에서 연극 공연이 있었다. 그런데 연극이 끝나지도 않았는데 막이 내려지더니 총책임자가 관중 앞으로 걸어나와서 말했다.

"신사 숙녀 여러분. 몸소 주연을 맡으신 위대하시고 친애하는 우리의 시장님께서, 가슴 아프게도 방금 의상실에서 치명적인 심장마비를 일으키셨음을 알려드립니다. 그러므로 부득이하게 공연을 중단해야 되겠습니다."

그의 말이 끝나자 첫 줄에 앉아 있던 뚱뚱한 중년 부인이 벌떡 일어서더니 흥분하며 외쳤다.

"서둘러요! 어서 닭고기 국물을 드리세요!"

"부인, 심장마비는 치명적이었습니다. 그분은 이미 숨을 거두셨습니다."

"그러니 얼른 닭고기 국물을 드리란 말이에요!"

총책임자는 난감했다. 그는 다시 호소하듯이 말했다.

"부인, 이미 숨을 거둔 사람한테 닭고기 국물이 무슨 소용이 있겠습니까?"

그러자 그 부인이 외쳤다.

"나쁠 건 또 뭐에요!"

숨을 거둔 사람에게 미치는 닭고기 국물의 영향은
의식이 없는 사람들에게 미치는
종교의 영향과 같은 것이다.
안타깝게도 그런 사람들의 수는
이루 다 헤아릴 수 없을 정도이다.

자만심

한 스승이 마당에서 들려오는 격렬한 언쟁 소리에 깜짝 놀랐다. 그는 자기 제자들 중 하나가 그 언쟁의 중심인물이라는 말을 듣고는, 그를 불러다가 무엇 때문에 소동이 일어났는지를 물어 보았다.

"학자들을 대표하는 한 일행이 선생님을 뵈러 왔기에, 선생님께서는 독서와 명상에 바쁘셔서 지혜라고는 도무지 없는 사람들과 같이 할 시간 따위는 없다고 했습니다.
자만심에 가득 찬 저들은 가는 곳마다 사람들 사이에 교조와 분열을 만들어내고 있는 그런 사람들입니다."

그러자 스승은 미소를 지으며 중얼거렸다.
"네 말이 맞긴 맞다. 하지만 어디 한 번 말해 보거라. 자기는 그 학자들과 다르다고 주장하는 너의 그 자만심이 지금 이 갈등과 분열의 원인은 아닌지 말이다."

어떤 결론

세 명의 지혜로운 이들이 여행을 떠났다. 그들은 이미 자기 나라에서는 지혜롭다고 일컬어졌으나, 그 여행으로 인해 자기들의 지혜의 폭이 넓어질 것을 바랄 정도로 겸손했기 때문이다.

그들이 이웃 나라에 도착하기가 무섭게 멀리 한 마천루가 보였다. 그들은 도대체 이 거대한 것이 무엇일까 하고 자문했다. 그 답이란 분명 이랬을 것이다.

'가서 알아내자. 하지만 위험할지도 몰라. 다가갔다가 폭발하는 것이라면 어쩌려고? 가서 알아내기에 앞서 그게 무엇인지를 결정하는 것이 아마도 더 지혜로울 거야.'

그리하여 여러 가지 이론이 나와서 검토되었고, 과거 경험을 기초로 해서 결국 거부되었다. 그들은 넘치도록 많이 쌓아둔 과거 경험에 의거하여 그것이 무엇이든 간에 문제의 그 거대한 물건은 거인들만이 그곳에 갖다 놓을 수 있는 것이라 결정되었다.

이 결정에 의해서 그들은 이 나라를 피하는 것이 전적으로 안전할 것이라는 결론에 이르게 되었다. 그래서 그들은 자신들이 간직하고 있는 경험에 덧붙여서 자기들의 고향으로 돌아갔다.

가정(假定)들은 관찰에 영향을 미치며,
관찰은 확신을 낳는다.
확신은 경험을 만들며,
경험은 행위를 초래한다.
그리고 행위는 차례로 가정들을 확인한다.

이 글자는 무슨 글자?

일본의 어느 도서실을 하루도 빠짐없이 찾아오는 한 노승이 있었다. 그 노승은 항상 구석 자리에 앉아 평화롭게 명상을 하는 모습이 눈에 띄었다.

어느 날 그 도서실의 사서는 그 손님에게 다가오더니 이렇게 말했다.

"저는 그동안 경전을 읽으시는 스님의 모습을 한 번도 보지 못했습니다."

그러자 노승이 대답했다.

"난 읽기를 배운 적이 없다네."

"그건 창피한 일이로군요. 스님 같으신 분은 글을 읽을 줄 아셔야 합니다. 제가 가르쳐 드릴까요?"하고 사서가 말했다.

"좋아, 그럼 말해보게나."하더니 노승은 자기 자신을 가리키면서 말했다.

"이 글자는 무슨 글자인가?"

하늘에서 해가 빛나고 있건만
왜 횃불을 켜는가?
장대 같은 비가 쏟아지고 있건만
무엇 때문에 땅에 물을 주는가?

제 5 장

욕심쟁이 스님

잘게 자른 장미꽃잎으로
아름다운 장미를 만드는 사람은 없다!

웃고 있는 이유

디오게네스는 어느 날 길모퉁이에 서서 미친 사람처럼 웃고 있었다.

"무엇 때문에 웃고 있소?"하고 길을 가던 행인이 물었다.

"저 길 한가운데 있는 저 돌이 보이시오? 내가 오늘 아침 여기 온 이후로 열 명의 사람들이 그곳에 걸려 넘어졌고, 그걸 저주했지요. 그러나 그들 중 아무도 다른 사람이 넘어지지 않도록 그 돌을 치워놓는 사람은 없더라구요."

어떤 계시

어떤 학자가 한 구루(종교적 스승, 영적 지도자)를 찾아왔다. 그는 성서에 들어있는 어떠한 결론보다 더 중대한 계시를 하나 보여 달라고 구루를 몹시 성가시게 했다.

그러자 구루는 말했다.

"비가 오는 날에 밖으로 나가서 하늘을 향에 머리와 팔을 쳐들고 있어 보시오. 그러면 당신은 분명히 첫 번째 계시를 받게 될 것입니다."

얼마 되지 않아 비가 내렸고, 그 다음날 그 학자가 오더니 투덜댔다.

"선생님의 충고대로 했더니, 빗물이 목 안으로 흘러내릴 뿐이었습니다. 그러고 있는 제가 어처구니가 없는 바보처럼 느껴졌습니다."

"그만하면 첫 날 받은 계시로서 썩 훌륭한 계시라고 생각되지 않습니까?"하고 구루가 대답했다.

학자가 적절한 언어들을 숙고하며
이러 저러한 지식들을 가르친다 한들
가슴에 진실된 사랑이 배어있지 않다면 무슨 소용인가?

당신의 윤리적 행동들이
빛을 발할 때까지 닦는다 한들
내면에 음악이 없다면 무슨 소용인가?

199

낙하산병

몹시 바람이 부는 어느 날 한 낙하산병이 비행기에서 뛰어내렸다. 그런데 바람이 워낙 세게 불어댔고, 그는 그만 백 마일이나 날려가 버리고 말았다.

그 낙하산은 나무에 걸려 버렸고, 그 낙하산병은 공중에 매달린 채 몇 시간 동안 도와달라고 소리치고 있었다.

드디어 지나가던 사람이 그 광경을 보고는 물었다.

"아니! 어떻게 거기 나무 위까지 올라갔지요?"

낙하산병이 그에게 자초지종을 말했다. 그러고는 물었다.

"여기가 도대체 어딥니까?"

"나무 위로군요."하고 그가 대답했다.

그러자 낙하산병이 소리쳤다.

"이봐요! 당신 틀림없이 성직자가 맞지요?"

그러자 그 사람은 어리둥절해졌다.

"그렇습니다만, 어떻게 그 사실을 알았지요?"

"그야 간단하지요. 당신이 한 말은 분명 맞는 말이었지만, 또 마찬가지로 전혀 쓸모없는 말이었으니까요."

벼룩의 이사

　어느 날 벼룩 가족은 코끼리의 귀 속으로 이사를 가기로 정했다. 그래서 코끼리에게 이렇게 외쳤다.

　"코끼리 씨, 저희 가족은 당신의 귀 속으로 이사를 갈 예정입니다. 예의상 일주일 여유를 드리겠으니, 이 문제에 대해서 심사숙고 해보시고 이의가 있다면 알려 주시기 바랍니다."

　벼룩의 존재에는 관심도 없는 코끼리는 그럭저럭 덤덤히 지냈고, 벼룩은 양심적으로 일주일 뒤에 코끼리가 동의했다고 가정하고서 이사를 했다.

　한 달이 지나자 코끼리의 귀가 살기에 적합하지 못하다고 생각한 벼룩의 부인은 남편에게 이사를 가자고 졸랐다. 남편 벼룩은 코끼리의 마음을 상하지 않게 하려면 적어도 한 달은 더 머물러야 한다고 아내를 달랬다.

　한 달이 지난 후, 드디어 그는 자신의 지혜를 짜내어 그 문제에 대한 이야기를 꺼냈다.

　"코끼리 씨, 우리는 이제 다른 곳으로 이사를 해야겠습니다. 물론 당신 때문은 아닙니다. 당신의 귀는 넓고 따뜻하니까요.

　다만 제 아내가 들소 발에 사는 친구 곁으로 이사를 가고 싶어 해서 그럽니다. 우리가 이사를 가는 데 이의가 있으시다면, 앞으로 일주일 안에 알려 주시기 바랍니다."

코끼리는 역시 아무런 말이 없었고, 벼룩 가족은 편안한 마음
으로 이사를 했다.

우주는 우리의 존재를 알아차리지 못하고 있다!
마음 푹 놓아라!

아이들의 기도

물라 나스루딘은 어느 날 마을 학교 선생이 어린이들을 사원으로 데리고 가는 것을 보고 물었다.

"그 아이들을 거기에 뭣하러 데리고 가십니까?"

"가뭄 때문이지요."하고 선생이 말했다.

"우리는 순결한 아이들의 간절한 기도가 전능하신 분의 마음을 움직이리라고 믿거든요."

"죄가 있고 없고는 중요한 것이 아닙니다. 중요한 것은 지혜와 깨달음입니다."하고 물라가 말했다.

"어떻게 그처럼 방만한 말을 하십니까? 당신이 말씀하신 것을 증명하십시오. 그렇지 않으면 이단자로 고발하겠습니다."하고 선생이 소리쳤다.

"그거야 쉽지요. 죄 없고 순결한 아이들의 기도가 조금이라도 이뤄진다면, 온 나라 안의 학교에는 단 한 명의 선생도 없게 될 거요. 그 애들이 학교 가는 것보다 더 싫어하는 것은 없으니까요.

당신이 그 아이들의 기도에도 불구하고 이렇게 있을 수 있는 것은, 아이들보다 현명한 우리들이 당신을 그 자리에 있도록 해 주었기 때문이라오."하고 나스루딘이 말했다.

어리석은 신념

　자신의 일에 매우 열정적인 노부인이 있었다. 정원사였던 그 부인은 과학자들이 언젠가는 날씨를 조정하는 법을 터득하게 되리라는 예언은 전혀 터무니없는 것이라고 주장했다.

　그 부인에 따르면, 날씨를 조정하기 위해 필요한 것은 오직 기도뿐이라는 것이다.

　그런데 어느 여름, 그 부인이 해외여행을 떠난 사이에 그 지역에 가뭄이 들었고, 부인의 정원은 전부 망가져버리고 말았다. 여행에서 돌아온 그 부인은 너무나 속상해서 종교를 바꿔 버렸다.

　그 부인은 자신의 어리석은 신념을 바꿨어야 했다.

생쥐

몸집이 매우 우람한 한 남자가 바에서 술을 마시고 있었다. 그는 밤 10시가 되자 자리에서 일어나 나가려고 했다.

"일찍 가시려고요?"하고 바텐더가 물었다.

"집사람 때문에."

"그래요? 선생님 같은 분이 부인을 다 무서워하다니! 선생님은 사내대장부입니까, 아니면 생쥐입니까?"

"한 가지는 자신 있게 말할 수 있네. 난 절대 생쥐는 아니라고. 내 집사람은 생쥐를 무서워하거든."

사랑

철학박사가 되기 위한 코스를 공부하는 한 남자가 있었다.

그의 아내는 남편에게 한 마디 질문을 함으로써 남편이 얼마나 열심히 공부를 하고 있는지 알게 되었다.

"당신은 나의 어떤 점이 좋아서 나를 그토록 사랑하시죠?"

말이 떨어지기가 무섭게 대답이 나왔다.

"당신의 '그토록'이라는 그 말은 강도를 뜻하는 거요, 아니면 깊이, 빈도, 질 또는 지속성을 뜻하는 거요?"

잘게 자른 장미꽃잎으로
아름다운 장미를 만드는 사람은 없다.

규칙적인 것이 좋아요

스미스라는 사람이 자신의 아내를 살해했다. 그의 변호인의 주장에 의하면 그것은 일시적인 정신착란이라는 것이었다.

그의 변호인은 증인석에 앉아 있는 스미스 씨에게 범행 당시의 상황을 본인의 진술로 묘사하도록 요청했다.

그러자 그는 말했다.

"재판장님, 저는 규칙적인 생활 습관을 지닌 사람으로 묵묵히 세상을 사는 사람입니다.

저는 매일 아침 일곱 시에 일어나서 일곱 시 반에 조반을 먹고 아홉 시까지 직장에 출근합니다. 오후 다섯 시에 퇴근해서 여섯 시에 집에 도착하고, 식탁에 준비 되어 있는 저녁 식사를 합니다. 그 후에 신문을 읽고 텔레비전을 보고, 그러고 나서 잠자리에 듭니다. 사건이 일어난 그날까지는 쭉 그랬습니다."

여기까지 말한 그는 흥분하더니 얼굴에 분노의 빛을 띠었다.

"계속하십시오. 재판장께 무슨 일이 있었는지 말씀드리십시오."하고 변호사가 조용히 말했다.

"그런데 문제의 그날이었습니다. 평상시와 마찬가지로 저는 일곱 시에 일어나서 일곱 시 반에 아침 식사를 했고, 아홉 시에 직장에 도착했다가 오후 다섯 시에 퇴근했습니다. 그리고 여섯 시에 집에 도착했는데, 어처구니가 없게도 식탁에 준비되어 있어야 할 저녁 식사가 눈에 띄질 않는 것이었습니다. 그런데 아내는 기척조차 없었습니다.

그래서 조용히 집안을 살펴보았더니, 아내가 어떤 낯선 남자와 침대에 누워 있는 게 아니겠습니까? 그래서 전 그만 아내를 쏘고 말았지요."

"아내를 쏘았을 당시의 감정 상태는 어떠했습니까?"하고 변호인은 자신의 주장을 관철시키려고 애쓰며 말했다.

"도저히 참을 수 없을 정도로 화가 치밀었습니다. 전 그만 제정신이 아니었습니다. 재판장님, 배심원 신사 숙녀 여러분!"하고 큰소리로 외치면서 그는 주먹으로 자기 의자의 팔걸이를 내리쳤다.

"저는 여섯 시에 집에 도착했을 때, 이유 여하를 막론하고 식탁에 저녁 준비가 되어 있었어야 함을 절대적으로 주장하는 바입니다."

어린이

한 나이 어린 소년이 길을 달려가고 있었다. 그 소년은 모퉁이를 급하게 돌다가 때마침 지나가던 사람과 부딪쳐 넘어지고 말았다.

"아이고머니나! 도대체 어디를 그렇게 급히 가는 게냐?"하고 그 행인이 물었다.

"집에 가는 거예요. 빨리 가야해요. 엄마에게 벌로 매를 맞게 되어 있거든요."하고 소년이 말했다.

"뭐라고? 그럼 넌 매를 맞기 위해 그렇게 허둥대며 집에 간다는 거냐?"

그 행인은 영문을 모르겠다는 듯 물었다.

"꼭 그런 건 아니에요. 그렇지만 나보다 먼저 아빠가 돌아오시면, 전 아빠에게 매를 맞아야 하거든요."

영원한 소유

"이것은 내 땅이고, 저 아이들도 전부 내 아이들이다."라고 말하는 이는 정녕 비할 데 없이 어리석은 사람이다.

그런 사람들은 자기 자신조차도 자기 것이 아님을 알지 못하는 사람들이다.

사람이 어떤 것을 영원히 소유한다는 것은 불가능한 일이다. 다만 잠시 동안 맡고 있는 것에 지나지 않을 뿐이다.

포기할 줄을 모르는 사람들은 그것들에 스스로 속박되어 있는 것이다.

어떤 것이든 그것이 소중하다면
손바닥 안에 물을 담고 있는 듯이 다루어라.
움켜잡으려 한다면 사라져 버릴 것이나,
스스로 잘 가꾸며 자유로이 놓아두면 그때에는
영원한 소유자가 될 것이다.

가족

　가족이 모두 함께 저녁 식사를 하는 자리에 큰 아들이 이웃집의 처녀와 결혼하겠다고 선언했다.

　"하지만 그 처녀는 물려받은 재산이라고는 한 푼도 없잖니." 하고 아버지가 말했다.

　"저금하고 있는 돈도 없다지 않았니."라며 어머니가 맞장구쳤다.

　"그 누나는 스포츠에 대해서 아는 거라곤 하나도 없어."하고 남동생이 말했다.

　"그렇게 유행에 뒤떨어진 머리를 하고 다니는 여자는 지금껏 보지 못했어."라고 누이동생이 거들었다.

　"그 처녀는 볼 적마다 소설만 읽고 있더구나."라며 삼촌이 말했다.

　"여자가 옷 입는 센스라고는 전혀 없더라."하고 숙모가 말했다.

　"그 애는 밀가루나 색소 같은 걸 절약하지 않더구나." 할머니가 말했다.

　그러자 마침내 큰 아들이 말했다.

　"모두 맞는 말이에요. 그렇지만 그 여자에게는 우리들 모두보다 좋은 점이 하나 있지요."

　"그게 뭔데?"하고 가족들은 모두 관심을 표명했다.

　"그건 바로 가족이 하나도 없다는 거지요!"

당신의 죠지 아저씨

　자기들과 20년간 같이 살았던 죠지 아저씨의 장례식을 마치고 돌아오는 부부가 있었다. 너무도 성가신 존재였던 죠지 아저씨는 그들의 결혼을 거의 파경까지 몰고 가기도 했었다.

　"여보."하고 남편이 말했다.
　"내가 당신을 사랑하는 마음이 없었다면, 나는 당신의 죠지 아저씨와 단 하루도 같이 있을 수 없었을 거요."

　"나의 죠지 아저씨라고요? 나는 당신의 죠지 아저씨였다고 생각했어요!"
　아내가 소스라치며 외쳤다.

용감한 부인

무갈 황제 아크바는 어느 날 숲으로 사냥을 나갔다. 그는 저녁 기도 시간이 되자, 말에서 내려와 땅에다 자리를 폈다. 그리고 회교도들이 어디서나 그렇듯이 기도하기 위해서 무릎을 꿇었다.

그런데 마침 이때, 한 시골 부인이 그 옆을 달려갔다. 그녀의 남편은 아침에 외출을 해서 아직까지 돌아오지 않았고, 걱정이 된 부인은 남편을 찾고 있었다.

남편 찾는 일에 정신을 온통 뺏긴 그 부인은 황제가 무릎을 꿇고 있는 모습을 보지 못하고 그만 그에게 걸려 넘어졌다. 그러나 그녀는 정신없이 일어나서는 미안하다는 말 한 마디도 없이 숲 속으로 달려갔다.

기도에 방해를 받은 아크바는 화가 났지만, 착실한 회교도인 만큼 기도 중에는 아무와도 이야기하지 않는 규칙을 지켰다.

그런데 황제가 기도를 막 끝내자 때마침 그 부인이 남편과 함께 즐겁게 돌아왔다. 황제와 수행원이 거기 있는 것을 본 부인은 그만 깜짝 놀라며 겁을 먹었다. 화가 난 아크바는 그 부인에게 소리쳤다.

"너의 그 무례한 행동에 대해 해명해 보아라. 그렇지 않으면 엄벌에 처하리라."

겁에 질렸던 그 부인은 용기를 내어 황제에게로 향하더니, 황제의 눈을 들여다보면서 말했다.

"폐하, 제가 그만 제 남편 찾기에 정신이 팔려서 폐하께서 여기 계신 것조차 알아 뵙지 못하였습니다.

폐하께서 말씀하셨듯이 제가 폐하께 걸려 넘어졌을 때조차도 폐하를 보지 못하고 말았습니다.

그런데 그때 폐하께서는 기도 중이셨고, 제 남편과는 비교도 안될 만큼 더 귀하신 분께 정신을 쏟고 계셨습니다. 그런데 어떻게 해서 폐하께서는 저를 알아보셨다는 것입니까?"

황제는 부끄러워서 아무 말도 할 수 없었다. 그리고 먼 훗날 고백하기를, 학자도, 물라(스승)도 아닌 한 시골 부인이 그에게 기도의 의미를 가르쳐 주었노라고 했다.

외과 교수의 테스트

비엔나 대학에 유명한 외과 교수가 있었다. 그는 항상 의학도들에게 외과의사가 되기 위해 필요한 두 가지 자질을 말했는데, 어떤 상황에서도 메스꺼움을 느끼지 않는 것과 뛰어난 관찰력이 바로 그것이었다.

어느 날 교수는 비위를 상하게 하는 액체 속에 손가락을 넣었다가 꺼내 핥으면서 학생들도 각자 그대로 따라할 것을 요구했다.

교수의 모습을 보고 이에 마음을 단단히 다져먹은 학생들은 한 치의 망설임도 없이 그 일을 해냈다.

그러자 교수는 미소를 지으며 말했다.

"학생 여러분, 첫 번째 시험에 통과한 것을 축하합니다. 그러나 유감스럽게도 두 번째 시험에는 통과하지 못했습니다.

내가 핥은 손가락이 그 액체에 담갔던 손가락이 아니었다는 것을 눈치 챈 사람은 아무도 없었으니까 말입니다."

목사님의 요리사

어느 상층사회 교구의 목사가 있었다. 그는 일요일 예배 후에 교우들에게 인사를 하는 일을 자신이 하지 않고 교회의 안내원을 시켰다. 그러자 그의 부인은 남편더러 이 일을 직접 하라고 타일렀다.

"그러시다가 얼마 안가 자기 구역 신자들마저 알아보지 못하게 되면 어쩌려고 그러세요?"

그래서 다음 일요일의 예배 후에 그 목사는 직접 신자들에게 인사를 하기 위해 교회당 문 앞에 자리를 잡고 섰다.

제일 먼저 수수한 옷을 입은 부인이 나왔다. 목사는 그 부인이 처음 교회에 나온 것이라 생각하고 손을 내밀며 말했다.

"안녕하세요? 이렇게 예배에 나와 주셔서 정말 반갑습니다."

"감사합니다."하며 그 부인은 좀 어리둥절한 얼굴로 대답했다.

"예배 때 자주 뵙길 바랍니다. 우린 새로운 얼굴을 보면 늘 반갑지요."

"네, 그렇게 하겠어요."

"이 구역 안에 사십니까?"

그러자 그 부인은 난처해하며 말을 꺼내지 못했다.

"살고 계시는 곳을 알려주시면, 언제 한 번 저녁 시간을 빌려 아내와 함께 방문하겠습니다."

"그다지 먼 곳은 아니에요. 저는 목사님의 요리사거든요."

재판

뉴 멕시코가 미국의 한 주(州)에 속하게 되었을 때, 그곳에서 처음으로 재판이 열리게 되었다. 그 주의 판사는 오랜 시간 동안 카우보이이자 인디언 투사로 지냈던 사람이었다. 그래서 그는 악에 대해서는 징벌을 해야 한다는 생각이 마음속에 견고하게 자리 잡고 있었다.

그가 판사석에 앉았고, 말도둑으로 고발된 한 사람의 피고가 들어왔다. 검사의 논고가 있었고, 원고와 증인들이 차례로 정식 증언을 했다.

이제 피고의 변호사가 일어나더니 말했다.

"재판장님, 그 사건에 대한 제 변호 의뢰인의 입장에 대해 변호하고 싶습니다."

그러자 판사가 말했다.

"자리에 앉으십시오. 그런 것은 필요치 않습니다. 배심원들이 혼란스럽기만 할 테니까요."

목사와 랍비와 신부

팻과 마이크라는 두 아일랜드 해병이 어느 사창가가 자리한 길에서 작업을 하고 있었다.

때마침 모자를 깊숙이 눌러쓴 그 구역 프로테스탄트 (Protestant, 개신교) 목사가 오더니 그 집안으로 들어갔다.

팻이 마이크를 돌아보며 말했다.

"그 사람 봤지? 뭘 기대할 수 있겠어? 과연 프로테스탄트(이 의를 제기하는 자, 변절자)답구먼, 안 그래?

곧이어 옷깃을 세운 한 랍비가 그 집 앞으로 오더니 역시 안으로 들어갔다. 팻이 말했다.

"소위 종교 지도자라는 작자들이 사람들에게 좋지 않은 모범을 보여 주는구먼!"

끝으로, 한 가톨릭 신부가 아니고 누가 들어가겠는가! 그는 망토 깃을 올려 머리를 감싸고서 조용히 그 집안으로 들어갔다. 팻이 말했다.

"이거 정말 안 됐는 걸, 마이크. 그 아가씨들 가운데 하나가 병이 난 게 틀림없다고 생각하게 되니 말이야, 안 그래?"

욕심쟁이 스님

불교 승려이자 재주가 뛰어난 화가 겟센(月仙)이라는 사람이 있었다. 그는 어떤 그림이든 엄청난 액수의 선금을 약속 받아야만 작업을 시작했다. 그래서 그는 '욕심쟁이 스님'으로 알려졌다.

어느 날 한 기생이 그를 불러 그림을 주문하자 겟센은 말했다.

"얼마를 내시겠습니까?"

마침 그때 한 단골 손님을 접대하고 있던 기생은 말했다.

"얼마든지 요구하시는 대로 드리지요. 대신 지금 당장 그리셔야 해요."

겟센은 즉시 일을 시작했고, 그림을 완성시키고 나서 지금껏 요구했던 중 가장 높은 액수를 요구했다. 기생은 그림 값을 치르면서 자기 단골 손님에게 말했다.

"이 남자는 소위 중이라는 사람이 돈밖에 모릅니다. 재주는 뛰어나지만 돈을 밝히는 수치스런 마음을 지니고 있어요. 그처럼 수치스런 마음을 지닌 사람이 그린 작품을 어떻게 걸어 놓을 수 있겠어요? 그의 그림은 제 속옷에나 그리면 충분해요!"

이렇게 말을 마친 기생은 속치마 하나를 던지면서 거기다 또 그림을 그려달라고 했다. 겟센은 언제나와 마찬가지로 그림을 시작하기 전에 묻는 질문을 했다.

"얼마를 내시겠습니까?"

"아, 원하는 대로요."하고 기생은 말했다.

겟센은 액수를 말한 뒤 그림을 그리고 부끄럼 없이 돈을 챙겨 넣고 훌쩍 가버렸다.

몇 년이라는 세월이 흐른 뒤, 아주 우연히 어떤 사람이 겟센이 그렇게 돈에 욕심을 부린 이유를 알게 되었다.

그의 고향에는 자주 흉년이 들곤 했는데, 부자들은 가난한 사람들을 돕기 위해서 아무 일도 하지 않았다. 그래서 겟센은 자기 고향에 비밀 창고들을 짓고서 그런 긴급 사태에 대비하여 곡식을 저장했다. 그 곡식이 어디서 왔는지, 또 그 지방의 그 은인이 누구인지는 어느 누구도 알지 못했다.

겟센이 돈에 집착을 한 이유는 또 있었다. 그의 마을은 도시에서 수십 리 떨어져 있었고, 그 길은 수레가 다닐 수 없을 정도로 형편이 없었다. 그래서 노인들과 병에 걸린 사람들이 도시로 나갈 일이 생길 때는 어려움이 많았다. 겟센은 그 길을 수레가 잘 다닐 수 있도록 고쳐 놓았다.

그리고 마지막 이유는 이것이었다. 겟센의 스승은 늘 묵상을 할 수 있는 사원을 소원했다. 겟센은 그의 스승을 기리기 위해 이 사원을 지었다.

'욕심쟁이 스님' 겟센은 기근과 열악한 도로 사정을 해결하고, 사원을 세운 뒤 물감과 붓들을 던져 버리고 산으로 들어가 묵상 생활에 전념했으며, 다시는 그림을 그리지 않았다.

한 사람의 품행에서 보이는 것이란
대개 그것을 보는 사람이 보인다고 상상하는 그것뿐이다.

의사와 환자

의사는 이제 사실대로 환자에게 이야기하기로 했다.

"어떻게 말해야 좋을지 모르겠습니다. 하지만 어쨌든 사실을 알려 드리는 것이 마땅하다고 생각했습니다. 당신은 이제 길어야 이틀 정도 밖에 살 수 없습니다. 그러니 꼭 하시고 싶은 일이 있으면 서둘러 하십시오. 누구 만나고 싶은 사람은 없습니까?"

환자는 매우 풀 죽은 목소리로 대답했다.

"있습니다."

"누구인지 말씀하십시오. 연락해 드리겠습니다."하고 의사가 말하자, 환자가 대답했다.

"다른 의사분이요."

대통령을 향한 비난

윌리엄 테프트 미국 대통령이 만찬회를 열고 사람들을 초청했다. 그런데 그곳에 참석해 있던 그의 아들이 그에 대해 매우 수치스런 비난을 했다.

그곳에 있던 사람들 모두가 매우 놀랐고, 실내는 쥐 죽은 듯이 고요했다.

"그 애를 그냥 두실 거예요?"

테프트의 부인이 대통령에게 말하자 대통령은 조용히 대답했다.

"만일 그가 아버지를 비난한 것이라면 그 애는 벌을 받아 마땅하오. 그러나 미국 대통령에게 행한 비난이라면, 그것은 헌법에 명시되어 있는 그의 권리이자 특권을 행사한 것에 지나지 않소."

대통령은 비난에서 제외되어야 하는 것인가?
그 충고야말로 대통령에게 도움이 되는 것인데…….

라일라와 라마 이야기

라일라와 라마는 서로 사랑하고 있었다. 하지만 그들은 너무 가난했기에 결혼을 할 수 없었다. 그들은 서로 이웃해 있는 마을에 살고 있었는데, 두 마을 사이에는 악어들이 우글대는 넓은 강이 있었다.

어느 날 라일라는 라마가 몹시 앓고 있으며, 그를 간병해줄 사람이 없다는 소식을 듣게 되었다. 그 소식을 듣자마자 라일라는 서둘러 강으로 달려갔다. 그리고 뱃사공에게 돈이 없으니 공짜로 강을 좀 건너게 해달라고 부탁을 했다. 그러나 그 뱃사공은 매우 음흉한 사람이었기에 그날 밤 자기와 동침을 한다면 강을 건너게 해주겠다고 했다.

가엾은 처녀 라일라는 사정하고 간청했지만 아무 소용이 없었다. 그리하여 자포자기한 라일라는 뱃사공의 요구에 응하고 말았다.

그렇게 해서 마침내 라일라가 라마에게 도착 해보니 그는 혼수상태에 빠져 있었다. 라일라는 라마의 건강이 회복될 때까지 한 달 간 머물며 그의 병을 간호했다.

어느 날 라마는 라일라에게 어떻게 해서 강을 건너왔느냐고 물었다. 라마에게 차마 거짓말을 할 수 없었던 라일라는 사실대로 고백했다. 라마는 라일라의 이야기를 다 듣고 나서는 매우 화가 나서 라일라를 내쫓아 버리고 다시는 찾지 않았다.

그는 자신의 생명보다도 도덕을 더 소중하게 생각했던 것이다.

꿈속에서

어느 날 왕은 꿈속에서 천국에 있는 왕과 지옥에 있는 한 사제를 보았다. 도대체 어떻게 된 일인지 의아해하고 있는 그의 귀에 어떤 목소리가 들려왔다.

"그 왕이 천당에 있는 이유는 사제들을 존경했기 때문이고, 그 사제가 지옥에 있는 이유는 왕들과 타협을 했기 때문이다."

기도보다 나은 것

하루에 다섯 번씩 기도를 하는 어느 열렬한 노신사가 있었다. 하지만 그의 동업자는 그와는 정반대로 교회에는 발도 들여놓지 않았다. 80회를 맞는 생일날 그 노인은 다음과 같이 기도했다.

"오 하느님! 저는 젊어서부터 지금껏 아침 예배에 참여하지 않거나, 다섯 번 정해진 시간에 기도를 바치지 않고 지나친 날이 단 하루도 없습니다.

단 한 번의 결심이라도 그것이 중요하건 그렇지 않건 간에 먼저 주님께 호소하지 않고서는 행동에 옮긴 적이 없습니다.

그리고 노년이 되어서 저는 두 배나 더 늘린 신심 생활로 주님께 밤이고 낮이고 끊임없이 기도하고 있습니다. 그런데도 어찌된 것이 저는 교회의 생쥐처럼 가난합니다.

그런데 제 동업자를 보십시오. 술을 마시고 노름을 하고, 그 늙은 나이에도 정숙하지 못한 여자들과 어울리는데도 풍요롭게 잘 살고 있습니다. 그가 단 한 번이라도 기도의 말을 입에 담았기나 했는지 의심스러울 정도입니다.

주님, 저는 지금 그를 벌하시라고 청하는 것이 아닙니다. 그건 그리스도인다운 마음이 아니니까요. 하지만 말씀해 주십시오. 왜, 왜, 왜 그는 부유하게 살게 하시고 저는 이처럼 대하십니까?"

그러자 하느님께서 말씀하셨다.

"그 이유는 네가 정말이지 한심하기 그지없는 사람이기 때문이다."

무언을 중시하는 어느 수도원의 규칙은
"말을 하지 말라."는 것이 아니라,
"침묵보다 더 나은 말이 있다면 하라."는 것이었다.
기도에 대해서도 똑같은 말을 할 수 있지 않을까?

건망증

옛날에 건망증이 심한 한 사람이 있었다. 심한 정도를 말하자면 매일 아침에 잠에서 깼을 때 옷을 찾기가 너무도 힘들어서, 잠을 깨고 난 후 고생할 일이 걱정되어 잠자리에 들기를 겁낼 정도였다.

그러던 중 그는 한 가지 묘책을 생각해 내었다. 그것은 매일 밤 연필과 종이를 준비해서 옷을 하나씩 벗을 때마다 그 옷가지의 종류와 벗어놓은 자리를 정확하게 기록하는 것이었다. 그래서 다음날 아침 그 종이에 기록된 내용을 읽으며 옷을 입곤 하는 것이었다.

"바지" – 바지가 있는 곳. 그는 바지를 입었다.

"윗도리" – 윗도리가 있는 곳. 그는 윗도리를 입었다.

"모자" – 모자가 있는 곳. 그는 모자를 썼다.

그는 이 모든 것이 흡족했는데, 그러다가 어느 날 문득 끔찍한 생각이 들었다.

"그런데 나는 – 나는 어디 있지? 그걸 적어놓아야 하는 건데, 그만 잊어버렸구나!"

그는 찾고 또 찾았지만 소용이 없었다. 자기 자신은 아무리 해도 찾을 수가 없었던 것이다.

이런 말을 하는 사람들은 어떤가?
"나는 내가 누군지 찾아내기 위해서 이 책을 읽고 있다."

진정한 기도

어떤 노인이 있었다. 그는 항상 성당에서 한 시간 가량을 부동자세로 앉아 있곤 했다. 어느 날 한 신부가 하느님께서 무슨 말씀을 하시느냐고 그에게 물었다.

"하느님께서는 말씀을 안 하십니다. 듣기만 하십니다."

"그렇다면, 당신은 무슨 말씀을 드립니까?"

"저도 말을 안 합니다. 듣기만 합니다."

❦

바야지드 비스타미라는 성인은 기도 기술의 진보에 대하여 다음과 같이 표현했다.

"처음 메카에서 최초로 카바 신전을 찾았을 때, 나는 카바 신전을 보았다. 두 번째는 카바의 주님을 보았다. 세 번째는 카바 신전도, 카바의 주님도 보지 못했다."

기도의 네 단계 :
내가 이야기하고 당신은 들으시고,
당신께서 말씀하시고 나는 듣고,
둘 다 말하지 않고 둘 다 듣고,
둘 다 말하지 않고 둘 다 듣지 않고-침묵

우유통에 뺏긴 정신

인도의 나라다라는 현자는 신을 열심히 섬기는 신자였다. 그는 신심이 매우 깊었던 고로 어느 날 문득 세상의 어느 누구도 자기보다 더 신을 사랑할 수는 없다고까지 생각하고 싶은 유혹을 받게 되었다.

그의 마음을 안 하리 신이 말씀하셨다.

"나라다, 갠지스 강변 마을에 살고 있는 나의 열렬한 신자를 만나보아라. 그와 더불어 지내보는 것이 네게 도움이 될 것이다."

그리하여 나라다는 그곳으로 가서 한 농부를 만나 같이 지내게 되었다. 농부는 아침 일찍 일어나서 하리 신을 단 한 번 부르고는 쟁기를 메고 들에 나가서 온종일 일을 했다. 그리고는 밤에 잠들기 직전에 하리 신을 다시 한 번 불렀을 뿐이다. 나라다는 생각했다.

"어찌하여 이 시골뜨기가 신을 열심히 섬기는 자란 말인가? 내 보기에는 온종일 세상 일에만 열중인 것을."

그러자 하리 신이 나라다에게 말씀하셨다.

"우유를 가득 담은 통을 들은 채 한 방울도 흘리지 말고 시내를 다 돌고 오너라."

나라다는 그의 말씀대로 했다.

"시내를 돌면서 걷는 동안 너는 얼마나 자주 나를 생각했느냐?"하고 하리 신이 묻자 나라다가 대답했다.

"한 번도 할 수 없었습니다. 우유를 흘리지 않기 위해 우유 통을 지켜보느라고 온 정신을 다 쏟았는데 어떻게 당신을 생각할 수 있었겠습니까?"

그러자 하리 신께서 말씀하셨다.

"너는 그 통에 정신이 모두 팔려서 나를 까맣게 잊었었구나. 하지만 저 농부를 봐라. 한 가족을 부양해야 할 짐을 졌음에도 불구하고 나를 매일 두 번씩이나 기억하지 않느냐?"

231
추운 날

몹시 추운 어느 날, 랍비와 제자들이 가운데 불을 지펴 놓고 빙 둘러 앉아 있었다. 제자들 가운데 하나가 문득 스승의 가르침을 되새기며 말했다.

"오늘처럼 살이 에이도록 추운 날에 무엇을 해야 하는지 나는 정확히 알지!"

"무얼 해야 하는데?" 다른 제자들이 물었다.

"따뜻하게 지내는 거지! 그리고 그게 불가능하다면, 그땐 또 무얼 해야 하는지 알아."

"무얼 해야 하는데?"

"그냥 얼어버리는 거지 뭐."

앞에 놓인 현실은 결코
거부할 수도, 받아들일 수도 없다.
그것으로부터 도망치는 것은
자신의 발에서 도망치는 것과 같고,
그것을 받아들이는 것은
자신의 입술에 키스하는 것과 같다.
그저 우리가 해야 할 일이란,
보고, 이해하고, 그리고 편안히 그대로 있는 것뿐이다.

어떤 기도

"신이시여, 세 가지 큰 죄를 범한 저를 용서해 주십시오.

첫째, 저는 어느 곳에나 계시는 당신의 현존을 깨닫지 못하고 당신의 많은 성지로 순례를 갔었습니다.

둘째, 저의 행복에 대해 당신께서 저보다 더 마음 쓰신다는 것을 잊어버리고 빈번하게 당신의 도움을 청했습니다.

그리고 끝으로, 우리의 죄는 우리가 범하기도 전에 이미 용서되었음을 알면서도, 어리석게도 이렇게 용서를 청하고 있습니다."

❀

제자들과 함께 관중 속에 앉아있던 스승이 말했다.

"여러분은 많은 기도를 들었고, 많은 기도를 했습니다. 오늘 밤에는 여러분이 어떤 기도를 하는지 보기를 바랍니다."

그가 말을 마치고 나자 곧 막이 올랐고, 발레가 시작되었다.

새 소리

어느 수사가 하루는 수도원 동산을 거닐던 중 새 소리를 들었다. 그는 황홀한 그 소리에 귀를 기울였다. 그랬더니 지금껏 새의 노래 소리를 들어본 적이, 다시 말해 정말로 들어본 적이 없는 것처럼 느껴졌다.

새의 노래 소리가 멎은 후에 수도원으로 돌아와 보니, 어처구니없게도 그는 동료 수사들에게 낯모르는 이였고, 그들 역시도 그에게 낯설었다.

얼마의 시간이 흐른 뒤에야 비로소 동료 수사들과 그는 그가 수백 년 만에 돌아왔음을 깨닫게 되었다. 그는 온 몸과 온 마음을 다해 그 소리를 들었기에, 그만 시간이 멈추었고 저 영원 속으로 끌려 들어갔던 것이다.

기도는 영원성을 발견할 때 완전하게 된다.
그리고 그 영원성은 선명한 지각을 통해서 발견된다.
지각은 선입견이나 개인적인 손해와 이익을
버림으로써 투명하게 된다.
그러면 그 기적적인 면을 볼 수 있게 되고
가슴은 경이로 가득 찰 수 있다.

눈 가리개

어떤 성인이 도지사에게 명상의 시간에 참여해 달라고 청했다. 그런데 그 도지사가 너무 바쁘다는 핑계로 거절을 했고, 그 성인은 이렇게 말했다.

"당신은 마치 눈가리개를 한 채 밀림 속을 걸어가는 사람을 생각나게 합니다. 더구나 그 눈가리개를 벗어버리기에는 너무나 바쁜."

그럼에도 시간이 모자란다고 도지사가 변명을 하자 스승은 말했다.

"시간이 없어서 명상에 참여할 수 없다는 생각은 잘못입니다. 마음의 흔들림이 바로 진짜 이유지요."

발명가

여러 해에 걸친 연구를 통해 불 만드는 법을 알아낸 발명가가 있었다. 그리하여 그는 연장들을 들고 눈 덮인 북부로 가서, 그곳에 사는 부족에게 불 만드는 기술과 불을 만들 때 유리한 점 등을 가르쳐 주었다.

이 신기한 기술에 너무나 정신이 팔린 사람들은 그만 어느 날소리도 없이 사라져 버린 그 발명가에게 고마워할 생각조차 하지 못했다.

거룩함을 부여받은 그런 흔치 않은 인간 중에 하나였던 그는 사람들에게 기억되거나 존경을 받는 데에는 관심이 없었다. 그는 오직 자신이 발명한 것으로 인해 누군가가 덕을 보았다는 것을 아는 그 만족감만을 좋아할 뿐이었다.

그가 찾아간 두 번째 부족도 역시 첫 번째 부족처럼 배우고 싶은 욕망이 대단했다. 그러나 사람들이 그에게 의존하자, 그 지방 사제들이 그 낯선 이를 질투하여 암살했다. 그들은 그 범죄에 대해 아무런 의심이 생기지 않도록 하기 위해서 신전 중앙 제단에 발명가의 초상화를 소중히 모셔 놓았다.

그들은 그의 이름을 높이 받들어 경배하고, 그에 대한 기억이 살아있도록 하기 위한 예식서를 하나 만들어 놓았다. 더불어 그 예식서의 법규 중 하나라도 변경되거나 삭제되는 일이 없도록 주의를 게을리 하지 않았다.

그리고 작은 상자 안에 불 만드는 기구들을 잘 모셔놓고, 깊은 믿음을 지니고 거기에 손을 얹는 사람은 모두 구원될 것이라고 선포했다.

대사제는 몸소 그 발명가의 생애에 대한 책을 편찬했으며, 이 책은 신성한 책이 되었다.

그 책에는 모두가 본받아야 할 본보기로 그의 사랑어린 친절함이 제시되었고, 그의 영광스런 행위가 찬양되었으며, 그의 초인적인 품성은 하나의 신조로 되어 있었다.

그 책이 후대까지 전해져야 할 것이라 생각한 사제들은 그가 한 말들의 뜻과 그의 삶, 그리고 죽음의 의미를 성스러운 것으로 해설했다. 그리고 누구든 자신들의 교리에 어긋나는 사람은 가차 없이 죽이거나 추방했다.

사람들은 지나치게 이런 종교적 법규에 얽매여 있었기에 마침내 불 만드는 기술에 대해서는 그만 까맣게 잊어버리고 말았다.

도움

어느 신부가 손으로 머리를 감싸 쥐고 빈 성당에 앉아 있는 한 부인을 보았다. 그런데 한 시간이 지나고, 두 시간이 지나도 여전히 부인은 거기 그대로 앉아 있었다.

분명코 그 부인이 절망에 빠진 영혼이라고 판단한 신부는 도와주고 싶은 마음이 간절하여 다가가서 말했다.

"제가 어떻게 도움을 드릴 수 있을까요?"

"아니오, 감사합니다, 신부님. 필요한 도움은 모두 받고 있었어요."하고 부인은 말했다.

당신이 중단시키기 전까지는!

어머니보다 소중한 것

어느 주일학교에서 있었던 일이다.

선생님이 칠판에 아이들의 이름을 하나하나 적으면서 말하기를, 자기 이름들 옆에 각자가 특별히 감사하게 생각하는 것을 한 가지씩 적도록 하자고 했다.

자기 이름이 칠판에 적힌 한 소년이 한참동안 가만히 생각하더니, 드디어 무엇을 적을까 질문하는 소리에 말했다.

"어머니!"

선생님이 그렇게 적고나서 다음 사람의 이름을 적으려고 하자, 그 소년이 크게 손을 내젓기 시작했다.

"왜 그러지?"

"어머니를 지워주세요. 그리고 '강아지'라고 써주세요."

버리는 것이 곧 얻는 것

두 명의 수도승이 여행을 하고 있었다. 그중 하나는 '간직함'의 영성을 실천하는 사람이었고, 다른 하나는 '버림'의 영성을 존중하는 사람이었다. 그들은 하루 종일 길을 걸으며 자기들이 신봉하는 영성에 대해 토론했다. 그러다가 마침내 날이 저물 무렵 어느 강가에 도착했다.

그런데 '버림'을 존중하는 수도승에게는 당연히 한 푼의 돈도 없었다. 그는 말했다.

"우리가 강을 건네 줄 뱃사공에게 줄 돈이 없다고 해서 몸 걱정을 할 필요는 없지 않은가? 여기서 하느님을 찬미하며 밤을 보내세. 내일은 반드시 대신 삯을 치러줄 착한 영혼을 만나게 될 걸세."

그러자 다른 사람이 말했다.

"우리가 있는 이쪽에는 마을이라고는 없어. 작은 마을은 커녕 오두막도 하나 없다네. 이곳에 있다가는 들짐승의 먹이가 되거나 뱀에게 물리거나, 추워서 얼어 죽을 것이 분명해. 강 저쪽으로 가면 위험하지도 않고 편안하게 밤을 지낼 수 있을 거야. 나에게 뱃삯을 치를 돈이 있어."

그리하여 건너편 강둑에 무사히 도착하자, 그는 동행자에게 말했다.

"돈을 지니고 다니는 것이 이렇게 유용하다는 것을 이제 알았겠지? 돈을 지니고 있었기에 자네 생명과 내 생명이 안전할 수 있었잖아. 나도 자네처럼 버림을 일삼는 사람이었다면, 우린 어떻게 되었겠나?"

그 말을 듣고는 다른 사람이 말했다.

"우리를 무사히 건너오게 한 것은 바로 자네의 버림이었지. 왜냐하면 뱃사공에게 뱃삯을 치르기 위해 자네가 지니고 있었던 돈을 포기해야 했거든, 안 그런가? 게다가 내가 한 푼도 지니고 있지 않았기 때문에 자네 주머니가 내 것이 되었지. 가만 보니까 난 고생을 하는 일이 없더라고. 언제나 마련이 되더라니까."

아무도 하지 않은 말

어느 나이 든 랍비가 병석에 누워있었다. 그의 제자들은 침대 곁에서 비할 데 없이 뛰어난 스승의 덕을 칭송하며 속삭였다.

"솔로몬 시대 이후 저 분의 지혜를 따를 사람은 아무도 없었지."

"그리고 저 분의 믿음은 우리 조상 아브라함의 믿음처럼 견고하다고!"

"그뿐이 아니야. 저 분의 인내로 말하면 욥의 인내와 비길 만하다네!"

"저 분은 모세만큼이나 하느님과 친밀하게 이야기를 나눈 분이라고."

랍비는 매우 상심한 듯이 보였다. 제자들이 모두 돌아가고 난 후 그의 아내가 그에게 물었다.

"그들이 당신을 칭송하는 소리를 들었어요?"

"들었지."

"그런데 왜 그렇게 상심한 얼굴을 하세요?"

그러자 랍비는 투덜대며 말했다.

"아무도 내 겸손에 대해서는 말하지 않았잖아!"

"나는 네 개의 빈 벽일 뿐 – 속은 텅 비어 있다."
이 말을 한 분이야말로 진정한 성인이었다.
그 분보다 더 가득 차 있는 사람은 아무도 없다.

선물

여덟 살짜리 어린 소녀가 자기의 용돈을 털어 엄마의 선물을 샀다. 선물을 받은 소녀의 엄마는 매우 고마워하며 기뻐했다.

소녀는 나이는 어렸지만, 가정주부인 어머니란 항상 많은 일을 하고도 별로 대우를 못 받기 일쑤라는 점을 충분히 아는 듯 다음과 같이 말했다.

"엄마는 굉장히 열심히 일을 하시는데, 그걸 알아주는 사람이 아무도 없잖아요."

"하지만 아빠도 열심히 일하시잖니."

"그래요. 그렇지만 아빠는 그걸 가지고 생색을 내시거나 하진 않잖아요."

깨달음

고대 인도에서 가장 많이 알려진 현자 중 스베타케투라는 분이 있었다. 그가 지혜를 얻게 된 경위는 다음과 같다.

그가 일곱 살도 채 되지 않았을 때, 그의 아버지는 베다(Veda)를 공부시키려 그를 떠나보냈다. 워낙 근면하고 총명했던 그는 모든 동료 학생들을 능가했다. 그리고 어느덧 생존해 있는 가장 훌륭한 성전의 전문가로 일컬어지게 되었다.

그가 집으로 돌아오자, 그의 아버지는 아들의 능력이 어느 정도인지를 시험하고자 물었다.

"너는 배움으로써는 달리 더 배울 필요가 없다는 것을 배웠느냐? 그리고 깨달음으로써 모든 고통과 번민이 멈춘다는 것을 깨달았느냐? 또한 가르쳐줄 길이 없는 것들을 터득했느냐?"

"아닙니다."하고 스베타케투는 정직하게 대답했다.
"그렇다면 애야, 네가 배운 것은 모두 하찮은 것들이다."

아버지의 진실된 말씀에 매우 감명을 받은 스베타케투는 말로 표현될 수 없는 지혜를 침묵을 통해서 발견하기 위해 길을 떠났다.

바싹 마른 연못의 바닥에 누워있는 물고기를
입김이나 침으로 적셔 주는 것이
그 물고기를 호수에 던져 주는 것을 대신할 수는 없다.

사람들을 교리로써 살리려 하지 말고
현실 속으로 도로 내던져라.
삶의 비결은
삶에 관한 교리 속에서 찾을 수 있는 것이 아니라
삶 자체에서 찾을 수 있는 것일 뿐이다.

구명소 (救命所)

　　많은 바위로 인해 파선이 잦은 어느 해변에 허물어져 가는 작은 구명소가 있었다.

　　그 구명소는 작은 오두막에 지나지 않았고, 배도 단 한 척뿐이었으나 그곳의 몇 안 되는 일꾼들은 매우 사명감에 불타는 사나이들이었다.

　　그들은 끊임없이 바다를 지켜보았고, 어디선가 배가 파선되었다는 어떤 증거만 있으면 자신들의 안전 따위는 염두에 두지 않고 용감무쌍하게 폭풍우 속으로 뛰어들었다. 그리하여 많은 생명을 구했고, 그 구명소는 곧 유명해졌다.

　　그 구명소의 명성이 자자해지자, 이웃사람들은 이 뛰어나게 훌륭한 일을 함께 하기를 열망했다. 그들은 시간과 돈을 아낌없이 제공했고, 따라서 새 회원들이 늘었으며, 새 배를 사고 새 선원들이 훈련되었다.

　　그 오두막은 편안한 건물로 재건되어 바다에서 구출된 사람들을 수용하는 장소가 되었다. 물론 파선이 매일 발생하는 것은 아니었으므로 그 건물은 인기 있는 집회 장소가 되었다. 일종의 지역 클럽과 같은 곳이 된 것이다.

　　시간이 지날수록 회원들은 사교적인 일로 무척 분주해져서 이

제 구명 작업 따위에는 별로 흥미가 없었다.

그들은 자신들의 가슴에 달고 다니는 배지에 새겨진 '구명'이라는 표어를 당당하게 뽐내고 있었지만, 사실상 실제로 바다에서 누군가가 구출되면 그것은 항상 귀찮은 일이 되었다. 왜냐하면 구질구질하고 병들기 일쑤인 그들이 양탄자와 가구를 더럽혔기 때문이다.

곧 그 클럽의 사교 활동들이 엄청나게 확대되었고, 구명활동은 극히 드물어지게 되었다. 그러던 중 한 번은 클럽 모임의 발표회 때에 몇몇 회원들이 본래의 목적과 활동을 되찾아야 한다고 주장했다.

그러자 투표를 했고, 그에 따라 소수에 속한다는 사실이 판명된 몇몇 문제의 인물들은 그 클럽을 떠나서 다른 클럽을 시작하라는 권고를 받게 되었다.

그들은 그 해변에서 조금 더 멀리 내려가서 그들의 이상을 실천했다. 욕심 없고 용감한 그들은 얼마 후에 영웅적인 활동으로 매우 유명해지게 되었다. 그래서 다시 또 그곳엔 회원이 들었고, 오두막도 재건되었으며, 그리고 그들의 이상은 또 다시 질식되었다.

오늘날 그 지역을 찾아가 보면, 수많은 독특한 클럽들이 해변의 여기저기에 있다. 저마다 기원과 전통을 당연히 자랑스럽게 여기는 클럽들이다.

그 부근에서는 여전히 파선이 발생하고 있으나, 아무도 그것에는 그다지 관심을 갖지 않는 것 같다.

우정

한 병사가 장교에게 호소하고 있었다.

"제 절친한 전우가 전장에서 아직 돌아오지 않았습니다. 제가 가서 그 친구를 데려오도록 허락해 주십시오."

"허락할 수 없다. 이미 죽었을지도 모를 사람 때문에 네 목숨을 위험하게 할 수는 없어."하고 장교는 거절했다.

그러나 그 사병은 전장으로 갔고, 한 시간이 지난 뒤에 치명적인 중상을 입은 채 친구의 시체를 메고 왔다.

그 광경을 본 장교가 몹시 화를 내며 말했다.

"죽었을 거라고 했잖아. 난 이제 너희들 두 명의 병사를 잃었다. 그래, 시체 하나를 메고 오기 위해 거기까지 가는 것이 그렇게 중요한 일이었나?"

그러자 중상을 입고 죽어가는 사병이 말했다.

"가치 있는 일이었습니다. 제가 도착했을 때 그 친구는 아직 숨을 거두지 않았습니다. 그리고 그는 마지막으로 이런 말을 했습니다.

'잭, 난 자네가 올 줄 알고 있었네.'라고 말입니다."

한 잔의 차, 그리고

어떤 사람이 친구와 휴게실에서 마주 앉아 차를 마시고 있었다.

한동안 자기 컵을 응시하던 그가 체념 섞인 한숨을 토하더니만 친구에게 말했다.

"아- 여보게, 인생이란 한 잔의 차와도 같으이."

이 말을 들은 친구가 자신의 잔을 한동안 쳐다보더니 드디어 물었다.

"왜 차 한 잔이 인생과 같다고 말하지?"

"그 까닭을 어찌 내가 알겠나? 내가 모든 걸 다 안다고는 생각하지 말게."

존중

　힌두교의 스승인 구루가 히말라야 산의 동굴 안에서 묵상을 하고 있었다. 그러던 중 눈을 떠보니, 예기치 않았던 방문객이 앞에 앉아 있는 것이었다. 그는 잘 알려진 천주교의 대 수도원장이었다.

　"무엇을 찾으려 여기에 왔습니까?"하고 구루는 물었다.

　그러자 그 수도원장은 하소연을 하는 것이었다.

　한때 그의 수도원은 전 서방 세계에서 유명했었다. 젊은 지원자들로 붐비던 독방과 수사들의 노래 소리가 울려 퍼지던 성당. 그러나 언제부터인지 수도원은 예전 같지가 않았다.

　영혼의 양식을 얻기 위해 몰려들던 사람들의 발길이 끊어졌고, 성당은 고요해졌으며, 소수의 수사들만 남아서 묵묵히 맡은 일을 하고 있을 따름이었다.

　그 수도원장은 수도원이 이렇게 되어버린 이유가 어디에 있는지를 알고 싶어 했다.

　"수도원이 이 지경으로 몰락해버린 것이 우리들의 죄 때문입니까?"

　"그렇소, 무지의 죄라는 것이오." 구루가 대답했다.

　"그런데 그게 무슨 죄입니까?"

"변장을 한 메시아가 **당신네 수사들 가운데 계신데** 당신들이 모르고 있는 것이오."

말을 마친 구루는 눈을 감고 다시 명상에 잠겼다.

수도원장이 수도원으로 돌아오는 길은 몹시 고되었다. 그러나 그는 메시아께서 지구에 돌아오셨고, 그 분이 바로 자기 수도원 안에 계시다는 생각에 흥분되어 가슴을 진정시킬 수가 없었다.

'어떻게 그 분을 알아 뵙지 못했을까? 그리고 과연 누가 그 분일까? 주방 수사? 제의방 수사? 회계 수사? 원장 수사? 아니야, 그럴 리가 없어. 아아, 그들은 그렇게 결함이 많은 걸……. 그러나 그 분은 변장을 하고 계시다고 했다. 그런 결함들도 그 분의 변장술의 하나가 아닐까?'

이렇게 생각을 해보니, 수도원의 수사들 중 결함이 없는 수사는 하나도 없었다. 그런데 메시아가 그들 가운데 있다는 것이다!

수도원장은 수도원에 도착하자 수사들을 모아놓고 그 사실을 이야기 했다. 그들은 도무지 믿을 수가 없다는 듯이 서로를 쳐다보고 있었다.

'메시아께서? 여기에? 말도 안 돼! 하지만 그 분은 이곳에 변장을 하고 계시다는 말이지? 정말 그럴지도 몰라. 저 수사가 그 분이라면 어쩌나? 혹은 저기 있는 저 수사라면? 또는……'

분명한 것이 한 가지 있었다. 변장을 한 메시아께서 거기에 계시다 하더라도, 그들은 결코 그 분을 알아 뵙지는 못할 것 같다는 것이었다.

그래서 모든 수사들은 서로를 존중하며 신중하게 대했다. 스스로에게 이렇게 말하면서,

"정말 모르는 일이지. 어쩌면 이 수사가 그 분일지도 몰라."

얼마 지나지 않아 수도원의 분위기는 기쁨이 충만하게 되었다. 그러자 곧 수십 명의 지원자가 수도원에 입회를 청했고, 다시 한 번 성당 안에는 정열적인 사랑의 영혼을 지닌 수사들의 경건하고 기쁨에 가득 찬 성가가 울려 퍼졌다.

마음이 장님이라면
눈이 있다 한들 무슨 쓸모가 있겠는가?

제 6 장
진정한 행복

하느님은
모든 것을
우리 눈앞에 갖다 놓으심으로써
그것들을 감추신다!

그렇지요, 바로 그거지요

오케스트라를 데리고 연습을 하던 어떤 지휘자가 트럼펫 연주자에게 말했다.

"이 부분에서는 와그너풍에 좀 더 가까워야 합니다. 내 말이 무슨 뜻이냐 하면, 그러니까 좀 더 힘 있고, 그리고 두드러지고, 좀 더 입체감 있고, 좀 더 웅장한⋯⋯."

그러자 트럼펫 연주자가 그의 말을 막았다.

"더 큰 소리로 연주하길 원하시는 겁니까?"

그 가엾은 연주자가 할 수 있는 말이라곤 고작 한 마디뿐이었다.

"그렇지요, 바로 그거지요."

거짓말

　술에 취한 어떤 사람이 길거리를 배회하다가 그만 하수구에 빠지고 말았다.

　더러운 오물 속으로 빨려 들어가자 그는 소리치기 시작했다.

　"불이야, 불, 불이야!"

　때마침 근처를 지나던 몇 명의 사람들이 그 소리를 듣고 구해 주러 왔다.

　하수구에서 그를 끄집어 낸 사람들은 불도 나지 않았는데 왜 '불이야'하고 소리쳤냐고 따져 물었다.

　그러자 술에 취한 그 사람은 점잖게 다음과 같이 대답했다.

　"내가 만일 '오물이야!'하고 소리쳤더라면 어느 누가 날 구하러 왔겠소?"

소년의 걱정

한 교사가 자기 반의 한 소년이 매우 심각해하는 것을 보고 물었다.

"무슨 걱정거리라도 있니?" "부모님 때문에요." 하고 그 소년은 대답했다.

"아빠는 저를 입혀주시고, 먹여주시고, 마을에서 가장 좋은 학교에 보내기 위해 하루 종일 일하세요. 더구나 저를 대학에 보내기 위해서 밤일까지 하신다구요.

엄마는 제가 아무런 신경도 쓰지 않도록 하루 종일 요리며, 청소며, 다림질 따위를 하시고 시장도 보시죠."

"그런데 뭐가 걱정이지?"

"부모님이 도망가시면 어쩌나 해서요."

술 취한 사람

술에 취한 어떤 사람이 어느 날 밤 비틀거리며 다리를 건너던 중 한 친구와 만났다. 두 사람은 다리 난간에 기대어 잠시 이야기를 나누었다.

"저 아래 저게 뭐지?"하고 술에 취한 사람이 이야기 도중에 갑자기 물었다.

"그건 달이야."하고 그 친구가 말했다.

술 취한 이는 다시 바라보더니 믿을 수 없다는 듯이 고개를 젓다가 말했다.

"그래, 맞아. 달이군 그래. 그런데 도대체 내가 어떻게 저 달을 넘어 이 위까지 올라왔지?"

우리는 실재를 보는 일은 거의 없다.
우리가 보는 것은
말이나 개념의 형태로 된 실재의 한 반영에 지나지 않건만
우리는 그것을 실재인 것처럼 생각한다.
우리가 살고 있는 세계는
일종의 지적(知的) 구조물로 이루어져 있다.

부처님의 뼈

어느 추운 겨울 밤, 한 방랑의 고행자가 절에 와서 잠자리를 청했다.

눈을 맞으며 떨고 서 있는 그 가엾은 사람을 본 스님은 내키지 않았으나 그를 허락하면서 말했다.

"좋아요, 대신 하룻밤만입니다. 여기는 절이지 여인숙이 아니오. 날이 밝으면 떠나야 합니다."

그런데 한밤중에 탁탁하는 소리에 잠을 깬 스님은 이상한 생각이 들어 법당으로 달려가 보았다. 그랬더니 법당 안에 어이없는 광경이 펼쳐져 있는 것이 아닌가! 그 낯선 사람이 법당 바닥에 불을 지펴놓고 몸을 녹이고 있었던 것이다.

스님이 재빨리 불상을 살펴보니, 목조 불상이 없었다. 스님은 떨리는 소리로 물었다.

"불상은 어디 있소?"

방랑객은 불을 가리키더니 말했다.

"이 추위에 얼어 죽을 거라고 생각했어요."

스님은 외쳤다.

"당신 지금 제정신이오? 당신이 무슨 짓을 했는지 알고나 있소? 그건 불상이오. 당신이 부처님을 태워 버렸단 말이오!"

불이 서서히 꺼져가고 있었다. 그러자 그 방랑의 고행자는 남은 불씨들을 살피며 막대기로 재를 쑤시기 시작했다.

"그건 또 뭘 하고 있는 거요?"하고 스님은 고함을 쳤다.

"내가 태워 버렸다고 스님께서 말씀하시는 그 부처님의 뼈를 찾고 있지요."

세월이 흐른 뒤 그 스님이 어느 선사(禪師)에게 그 일을 이야기하자 그 선사는 말했다.

"자넨 나쁜 중일세 그려. 죽은 부처를 산 사람보다 가치 있게 여기다니 말이야."

낙타를 매어라!

낙타를 탄 한 제자가 수피 스승의 천막에 도착했다. 제자는 낙타에서 내려 곧장 천막 안의 스승에게 걸어 들어갔다. 그는 스승에게 허리를 굽혀 절하고는 이렇게 말했다.

"저는 신을 너무나 신뢰하기에 제 낙타를 매지 않고 그냥 밖에 놓아두었습니다. 신께서는 신을 사랑하는 이들이 아끼는 것들까지도 다 보호해 주시리라 확신하니까요."

그가 말을 마치자, 스승은 호통을 치며 말했다.

"어서 나가 낙타를 매어 놓아라, 멍청아! 신께서는 네 스스로 얼마든지 해 낼 수 있는 일마저 너 대신 해주시느라고 마음을 쓰실 겨를이 없으시다."

신의 동업자

골드버그의 정원은 마을에서 가장 아름다웠다. 그래서 랍비는 그 앞을 지나갈 때마다 매번 골드버그에게 소리쳐 말하곤 했다.

"당신의 정원은 정말 아름답구려! 당신은 신의 동업자요!"

"감사합니다, 랍비님."하고 골드버그는 정중하게 인사하며 대답해 주곤 했다.

이런 일이 몇 달이 지나도록 계속되었다. 랍비는 최소한 하루에 두 번 회당으로 오가면서 큰 소리로 말했다.

"당신은 신의 동업자구려!"

랍비는 의심할 여지없이 칭찬의 뜻으로 한 말이었는데, 언제부턴가 골드버그는 그것이 언짢게 들리기 시작했다.

그래서 어느 날 랍비가 또다시,

"당신은 신의 동업자구려!"하고 외치자, 골드버그는 이렇게 대답했다.

"그 말씀이 맞는지도 모르겠습니다. 그렇지만 이 정원을 신께서 혼자 관리하셨을 때를 랍비님이 보셨어야지요!"

스스로 죄인이라 생각하는 이

어느 날 제대 앞에 무릎을 꿇고 있던 주교가 넘치는 종교적 열정을 주체하지 못해 가슴을 치며 외치기 시작했다.

"저는 죄인입니다, 자비를 내려 주십시오! 이 죄인에게 자비를 내려 주십시오!"

그 광경을 본 그 교구의 신부는 주교의 행동에 감동되었다. 그래서 그 옆에 같이 무릎을 꿇고 앉아 가슴을 치며 말하기 시작했다.

"저는 죄인입니다. 자비를 내려 주십시오! 이 죄인에게 자비를 내려 주십시오!"

그때 성당 안에는 무덤 파는 일을 업으로 삼고 있던 일꾼이 있었는데, 이 광경을 보고는 도저히 자신을 가누지 못할 정도로 감동되었다. 그리하여 그도 역시 무릎을 꿇고 가슴을 치며 외쳤다.

"저는 죄인입니다. 자비를 내려 주십시오!"

그러자 주교는 신부를 슬쩍 건드리더니 그 일꾼을 가리키면서 웃음 섞인 소리로 말했다.

"저 사람 좀 보게나, 스스로를 죄인이라고 생각하는 사람이야!"

구두가 발에 맞을 때 발이 잊혀지고,
허리띠가 허리에 맞을 때 허리가 잊혀지고,
모든 일이 조화를 이룰 때,
자아는 잊혀진다.
그러할진대 당신의 금욕 생활은 무슨 소용이 있는가?

계산대 위에 계신 하느님

어느 날 밤 한 부인이 꿈을 꾸었다. 그녀가 시장에 새로 생긴 상점에 들어가 보니 어찌된 일인지 계산대에 하느님이 서 계셨다.

"여기서 무얼 팔고 계세요?"하고 부인이 물었다.

"네가 마음으로 원하는 것이라면 무엇이든지."하고 하느님께서 말씀하셨다.

그 말을 믿기가 어려웠지만, 부인은 한 인간이 원할 수 있는 가장 좋은 것들을 청하기로 결심했다.

"평화스런 마음과 사랑, 행복을 주세요. 그리고 공포로부터 벗어날 수 있는 자유를 원합니다."하고 부인은 말했다.

그러고는 또 생각이 난 듯 덧붙여 말씀드렸다.

"저만을 위해서가 아니고요. 세상 사람들 모두를 위해서예요."

하느님께서는 조용히 미소를 지으며 말씀하셨다.

"네가 뭔가 잘못 이해하고 있는 것 같구나. 얘야, 우리가 여기서 파는 것은 열매가 아니라 씨앗이란다."

복권을 한 장 더

어느 신앙심 깊은 사람이 파산의 위기에 처했다. 그래서 그는 다음과 같은 기도를 열심히 시작했다.

"주님, 제가 한 평생 믿음을 바쳐 당신을 섬기고 아무 보답도 청하지 않았음을 모른 체하지 말아주십시오. 이제 저는 늙고 파산을 하게 되었습니다. 그래서 제 평생에 처음으로 청을 하나 드리겠습니다. 안된다고는 하지 않으시리라 믿겠습니다. 부디 제가 복권에 당첨이 되도록 해 주십시오."

그런데 며칠이 지나고, 몇 주일, 몇 달이 지나도록 전혀 아무런 일도 일어나지 않았다. 마침내 절망에 빠져버린 그는 어느 날 밤 하느님께 외쳤다.

"왜 저에게 기회를 한 번 더 주시지 않으시는 겁니까, 하느님!"

그러자 하느님께서 대답하시는 목소리가 들렸다.

"너야말로 어찌하여 나에게 한 번의 기회를 더 주지 않는 것이냐! 왜 복권을 한 장 더 사지 않는 거지?"

춤추는 랍비

러시아의 한 작은 마을에 유대인들이 살고 있었다. 어느 날 그들은 한 랍비가 도착하기를 고대하고 있었다. 이런 일은 좀처럼 흔치 않은 일이었기에 그들은 여러 시간 동안 그 성자에게 묻고 싶은 질문들을 미리 준비했다.

랍비가 도착하자 사람들은 랍비를 맞이하여 마을 회관으로 모셨다. 랍비는 그들에게서 감도는 긴장감을 감지할 수 있었다. 모두들 랍비의 현명한 대답을 듣기 위해 단단히 기대하고 있었기 때문이다.

처음에 랍비는 아무 말도 하지 않은 채 그냥 그들의 눈을 쳐다보기만 했다. 그러더니 이윽고 쉽게 잊을 수 없는 멜로디 하나를 콧노래로 흥얼거렸다.

그러자 얼마 지나지 않아 모두들 함께 그 콧노래를 흥얼거리기 시작했다. 이어 그가 노래를 시작했고 그들도 따라서 노래를 불렀다.

그리고 그가 박자에 맞추어 스텝을 밟으며 몸을 흔들고 춤을 추자 그곳에 있던 사람들도 그대로 따라했다. 그들은 곧 춤에 열중했고 그 움직임에 완전히 몰입이 된 나머지 세상의 모든 다른 것들에 대해서는 까맣게 잊어버렸다.

군중 속의 모든 사람들은 완전한 일체가 되었고, 그래서 진리로부터 우리를 멀어지게 하는 분열이란 것이 사라지게 되었다.

거의 한 시간의 시간이 흘렀을 때, 춤이 점점 느려지더니 완전히 멈추었다. 사람들은 모두 자기 안에 지녔던 긴장감을 분출해 버리고서 실내에 가득 넘치는 그 고요한 평화 속에 조용히 앉았다.

그러자 랍비는 이 단 한 마디의 말을 했다.
"이로써 내가 여러분의 질문에 모든 답변을 했다고 믿습니다."

춤을 통해 신께 예배를 드리는 이슬람교의 탁발승이 있었다. 그는 자신의 예배 의식에 대해 다음과 같이 말하곤 했다.

"신을 예배하는 것은 자기(自己)의 죽음을 뜻합니다. 춤추는 것 또한 자기를 죽이는 것입니다. 자기가 죽으면 그와 더불어 모든 문제가 죽어 버립니다. 그러면 그곳엔 사랑이 있습니다. 하느님께서 계시는 것입니다."

딸과 며느리의 차이

서로 친구 사이인 두 부인이 수 년 만에 만났다.

"그래, 네 아들은 지금 어떻게 지내고 있니?"하고 한 부인이 묻자 상대편 부인은 한숨을 내뿜으며 대답했다.

"내 아들? 가엾고 가엾은 내 아들 말이지? 그 아이는 불행한 결혼을 했어. 내 며느리는 집안일엔 손도 까딱하려 들지 않는다 구. 요리건, 빨래건, 바느질이건, 청소건 할 것 없이 모두 내팽개 치고는 오직 침대에서 잠이나 자고 책이나 뒤적거리며 빈둥거린 단다. 그 불쌍한 녀석은 제 부인을 위해 침대까지 아침식사를 가 져다주곤 하지. 믿을 수 있겠니?"

"쯧쯧, 안됐구나. 그럼 네 딸은 어떻게 되었니?"

"내 딸애? 그 애는 정말이지 행운아란다. 그 애 남편은 천사 같 아. 자기 처에게 집안일을 하나도 시키지 않는단다. 요리며 빨래, 청소 따위는 하인들이 다 해준다구. 그리고 그 애의 남편은 그 애 를 위해 침대까지 아침식사를 날라다 준단다. 믿을 수 있겠니? 그 애는 온종일 잠이나 즐기고, 침대에서 쉬면서 책이나 뒤적 거리는 게 고작이야."

침묵

　한 달 간 침묵에 들어가기로 한 네 명의 수사가 있었다. 처음에는 그런대로 잘들 침묵을 지켰는데, 첫 날이 지나자 한 수사가 말했다.

　"수도원을 떠나올 때 내 방문을 잠갔는지 모르겠어."

　다른 수사가 말했다.

　"한 달 동안 침묵을 하기로 했으면서, 방금 자네가 그걸 깨어 버렸잖아, 바보 같으니!"

　세 번째 수사가 말했다.

　"자네는 어떻고? 자네도 마찬가지야!"

　네 번째 수사가 말했다.

　"아직 말을 하지 않은 사람은 나 하나뿐이니, 정말 다행이야!"

똑같은 일을 한 아들

랍비 아브라함은 매우 훌륭한 삶을 살았다. 그리고 때가 되자 그는 자기 수도회의 축복을 받으며 이 세상을 떠났다. 그들은 그를 성인으로 여겼을 뿐 아니라, 자기들이 하느님께 받은 모든 은총의 원인이 그에게 있다고 생각해 왔다.

저쪽 세상에서도 다를 바가 없었으니, 천사들이 그를 찬미하여 환영하러 나왔다. 환영식을 하는 동안 그 랍비는 매우 의기소침하고 심란한 듯이 보였다. 그는 머리를 두 손으로 감싸 쥔 채 위로 받기를 마다했다.

드디어 재판석 앞에 서게 된 그는 어떤 무한한 자비로움이 자신을 감싸는 것을 느꼈다. 바로 그 때 한없이 부드러운 목소리가 들렸다.

"너를 그처럼 심란하게 하는 것이 무엇이냐, 아브라함?"

"오! 한없이 성스러운 분이시여."하고 아브라함은 말했다.

"저는 이곳에서 베풀어주시는 이 모든 영광을 받을 자격이 없습니다. 비록 사람들에게 추앙을 받았다 하더라도, 저의 삶은 분명 잘못 되었습니다. 저의 모범과 가르침에도 불구하고 제 외아들 놈은 우리의 신앙을 저버리고 그리스도인이 되어버렸답니다."

"그 때문에 마음 쓰지 않도록 하라, 아브라함. 애야, 난 너의 심정을 충분히 이해한다. 나에게도 똑같은 일을 한 아들이 하나 있지 않느냐."

소원

아일랜드의 벨퍼스트에서 가톨릭 사제와 개신교 목사와 유대교 랍비가 신학적인 토론을 격렬하게 벌이고 있었다.

그때 갑자기 한 천사가 그 곳에 나타나서 말했다.

"하느님께서 당신들에게 은총을 보내십니다. 평화를 위한 한 가지씩의 소원을 말한다면, 하느님께서 들어주실 것입니다."

처음으로 목사가 말했다.

"우리 사랑스런 아일랜드에서 모든 가톨릭 신자들이 없어지도록 해주십시오. 그러면 최고의 평화가 올 것입니다."

다음엔 사제가 말했다.

"우리 경건한 아일랜드 땅에 한 명의 개신교 신자도 없도록 해주십시오. 그러면 이 섬에 평화가 오게 될 것입니다."

"그러면 당신의 소원은 무엇입니까, 랍비? 당신은 아무 소원도 없습니까?"하고 천사가 말했다.

그러자 랍비가 말했다.

"저는 아무런 소원도 없습니다. 다만 이 두 사람의 소원만 들어주시면 저는 대만족이겠습니다."

소년 : 너 장로교 신자니?
소녀 : 아니, 우린 다른 혐오파에 속해.

숭배

사막으로 이루어진 한 나라가 있었다. 그곳에는 나무들이 귀했기 때문에 그 열매 또한 구하기가 힘들었다.

그 나라에 예언자가 있었는데, 그는 하느님께서 그 나라의 모든 사람들이 열매를 구할 수 있도록 하시기 위해 자기 앞에 나타나 이렇게 말씀하셨다고 했다.

"내가 열매를 주리니 지금 내가 내리는 계명을 대대로 어겨서는 안 될 것이다.

그 누구라도 하루에 열매를 하나 이상 먹어서는 안 된다. 이것을 거룩한 책에 기록하여라. 이 법을 어기는 자는 그 누구를 막론하고 하느님을 거스르고 인류를 거스르는 죄를 범한 것으로 간주되리라."

그 법이 충실하게 이행되던 어느 날, 과학자들은 드디어 사막을 초원으로 개발할 수 있는 방법을 알아냈다.

그리하여 그 나라는 곡식과 가축들이 풍부하게 되었고, 나무들은 따지 않은 열매 때문에 무거워서 휘어질 정도였다. 그러나 그 열매에 대한 법은 그 나라의 국정과 종교 당국에 의해 계속 실시되었다.

'땅에서 과일이 썩게 내버려 두는 것이 인류를 거스르는 죄'라고 지적하는 자는 그가 누구든지 신성모독자요, 도덕의 적이라 간주되었다.

하느님의 거룩한 계명의 지혜를 의심하는 이런 사람들은 거만한 정신인 이성에 의해 지배되고 있으며, 유일하게 진리를 받아들일 수 있는 신앙과 순종의 자세가 결여되어 있다고 비난을 받았다.

교회에서 설교를 할 때에도 그 법을 어긴 사람들이 결국 불행한 종말을 맞게 된 사례들을 종종 이야기했다. 그 법을 충실하게 지켰으나 끝이 나쁘게 된 사람들의 사례나, 혹은 그 법을 어겼으나 잘 살게 된 수많은 사람들의 이야기는 한 번도 거론되지 않았다.

하느님으로부터 그 계명을 받았다고 선포한 그 예언자는 이미 오래 전에 세상을 떠났다. 그래서 그 법을 바꾸기 위해 할 수 있는 것은 아무 것도 없었다.

그 예언자는 틀림없이 상황의 변화에 대응하여 법을 바꿀 용기와 총명함을 지니고 있었을 것이다. 왜냐하면 그는 하느님의 말씀을 숭배해야 하는 것으로가 아니라, 사람들의 복리를 위한 것으로 받아들였기 때문이다.

결국, 어떤 사람들은 공공연히 그 법을 비웃고, 하느님과 종교를 비웃었다.

다른 어떤 사람들은 항상 남몰래 어떤 죄의식을 갖고 그 법을 어겼다.

그리고 그 법을 숭배하는 대다수의 사람들은 두려움 때문에 내던져 버리지 못하는 그 무의미하고 케케묵은 관습을 고수함으로써 스스로를 거룩하다고 생각하기에 이르렀다.

진정한 행복

고대 인도에서는 베다 예식을 매우 중요시 여겼다. 왜냐하면 베다 예식은 매우 과학적으로 진행을 했기 때문에, 사제들이 비를 청했을 때 한 번도 비가 내리지 않은 적이 없었다고들 했다.

그래서 부자가 되고 싶은 어떤 사람이 자기도 이 예식에 따라서 부의 여신 락쉬미에게 빌며 기도하기로 했다.

그는 별 은총도 없이 10년이란 긴 세월 동안 기도만 올리게 되었다. 그러다가 어느 날 갑자기 부의 허망함을 깨닫고서 속세를 등지고 히말라야 산에 들어가 은둔자의 삶을 살기로 했다.

그가 명상에 잠겨 앉아있던 어느 날이었다. 이상한 기척에 눈을 떠보니, 마치 황금처럼 온 몸이 눈부시게 빛나는 아름다운 여인이 앞에 서 있는 게 아닌가!

"당신은 누구신데 여기서 뭘 하고 계십니까?"하고 그는 물었다.

"네가 10여 년 동안 찬미했던 락쉬미 여신이다. 이제 네 소원을 들어주러 왔다."하고 그 여신은 말했다.

"아, 거룩한 여신이시여!"하고 그 남자는 외쳤다.

"저는 이제 명상의 지복(至福)을 누리게 되었고, 부(富)에 대한 욕망을 포기한 지 오래입니다. 당신은 너무 늦게 오셨습니다.

어찌하여 이다지도 늦게야 오신 것입니까?"

"솔직히 말하지."하고 여신은 말했다.

"네가 그동안 바친 정성과 기도를 본다면, 너는 그 부를 충분
히 누렸어야 했다. 그러나 나는 너를 사랑하기에, 그리고 진정한
너의 행복을 바라기에 그걸 미루었었다."

선택할 수 있다면,
어떤 것을 선택하겠는가?
소원을 들어 주시는 것인가,
아니면 들어 주시건 말건 그에 상관없이
평화롭게 되는 은총인가?

치유

사막의 교부들이라고 일컬어지는 성인들이 이집트를 거처로 삼고 있을 때였다. 당시 유방암으로 고생하던 한 부인이 성인이자 치유자라는 평판이 자자한 롱기누스 압바스라는 교부를 찾아 나섰다.

길게 이어진 해변을 따라 걷고 있던 부인은 마침 땔감을 줍고 있는 롱기누스와 만나게 되었다. 그 부인은 말했다.

"자비로우신 교부님, 하느님의 심부름꾼 롱기누스 압바스가 살고 있는 곳을 알려주실 수 있으십니까?"

롱기누스는 말했다.

"그 늙은 사기꾼에게 가는 이유가 무엇입니까? 가지 마십시오, 부인에게 해만 끼칠 테니까. 무엇이 문제입니까?"

부인은 자신의 문제를 말했다. 그러자 그는 그 자리에서 부인을 축복해 주고는 집으로 돌려보내면서 말했다.

"이제 가십시오. 하느님께서 분명히 당신을 치유해 주실 것입니다. 롱기누스라면 전혀 아무런 도움이 되지 못했을 겁니다."

그리하여 그 부인은 자신의 병이 완치되리라고 굳게 믿으며 떠났고, 그 달이 다 가기 전에 병이 나았다. 그리고 그 부인은 자기를 치유케 해준 사람이 바로 롱기누스였다는 사실을 전혀 알지 못한 채 살다가 때가 되어 세상을 떠났다.

인간의 욕망

어느 날 어떤 사람이 회교도 신비가인 비하우딘 나크쉬밴드의 제자에게 말했다.

"당신의 스승이 자신의 기적들을 숨기는 이유에 대해 말씀해 주십시오. 내가 직접 수소문을 해 보았는데, 그 분은 동시에 한 군데 이상 여러 장소에 계셨다는 것이 확실합니다. 그리고 자기 기도의 힘으로 병자들을 완쾌시키고서는 자연의 작용이었다고 그들에게 말하지요. 또 어려움에 처한 사람들을 도와주고서는 그걸 그들의 운이 좋은 덕으로 돌리지요. 왜 그러시는 걸까요?"

"나는 당신이 하는 말을 정확히 압니다."하고 그 제자는 말했다.

"나 자신도 이런 일들을 주의 깊게 보아 왔으니까요. 그래서 당신의 질문에 대답할 수 있다고 생각합니다.

첫 번째 이유는, 스승님은 관심의 중심이 되는 것을 원하지 않으십니다.

그리고 두 번째, 사람들이 한 번 기적에 정신을 빼앗기게 되면 진정한 영적 가치에 대해서는 전혀 배우려 하지 않는다고 확신하고 계십니다."

사탄의 승리

어느 날 사탄은 한 구도자가 스승의 집으로 들어가는 것을 보았다. 그래서 온갖 수단을 다 동원하여 그로 하여금 진리를 추구하는 데서 돌아서게 만들기로 작정했다. 그래서 그 가엾은 구도자에게 재산, 욕정, 명성, 권력, 위신 등 있을 수 있는 온갖 유혹을 다 겪게 만들었다. 그러나 영적인 일을 경험했었던 그 구도자는 그런 유혹들을 쉽게 물리칠 수 있었다. 그만큼 영적인 것에 대한 열망이 너무나 간절했던 것이다.

드디어 스승의 앞에 갔을 때, 융단 의자에 앉아있는 스승과 그의 발치에 앉아있는 제자들을 본 그는 놀라며 속으로 생각했다.

"이 스승은 분명히 성인들의 덕으로 제일 먼저 손꼽히는 겸손이 부족하군."

그러고는 그 스승이 자기가 좋아하지 않는 다른 점들도 지니고 있는지 여부를 살펴보았다. 그러고 보니 스승은 자기에게 거의 눈길을 주지 않는 것이었다.

"내가 다른 사람들처럼 굽실거리지 않기 때문이겠지."하고 그는 혼잣말을 했다.

게다가 입고 있는 옷이며, 뭔가 권위적인 말투 따위들도 못마땅해졌다. 그는 이 모든 점들을 미루어 보아 자기가 잘못 찾아왔으며, 다른 스승을 계속 찾아야겠다는 결론을 내리게 되었다.

　　그리하여 결국 그 구도자가 방을 나서자, 방 한 구석에 앉아
있던 사탄을 향해 스승이 말했다.
　　"처음부터 걱정할 필요가 없었다, 사탄아. 그는 이미 너의 차
지였노라."

　바로 그런 것이
　신(神을) 찾기 위해
　모든 것을 다 떨쳐 버리고자 하되,
　신이란 정녕 무엇인지에 대한
　자신들의 관념만은 떨쳐 버리지 못하는
　그런 사람들의 운명이다.
　사람들은 대부분
　스스로의 행위가 어떠한 것인가를
　조금도 의식하지 못할 만큼
　지극히 큰 무감각 상태에 빠져 있다.

황제의 기도

    어떤 마을 사람들이 이슬람 신비가 화리드에게 델리에 있는 왕궁에 가서 아크바 황제를 만나 마을을 위해 청을 올려달라는 부탁을 했다. 사람들의 부탁을 수락한 화리드는 왕궁에 들어가서 기도중인 아크바의 모습을 보았다.

    기도를 마친 황제를 만나자 화리드는 물었다.

    "무슨 기도를 하셨습니까?"

    "자비롭기 그지없는 분께 나의 성공과 부와 장수를 부탁했소." 하고 황제는 대답했다.

    황제의 말이 떨어지자, 화리드는 그 자리를 돌아서서 한 마디 남기며 떠나갔다.

    "내가 만나러 온 사람은 황제이건만, 여기서 만난 이 사람은 다른 사람들과 다를 바가 없는 거지로구나!"

나는 밖에 있다.

옛날에 한 부인이 있었다. 그녀는 매우 경건하고 열심이었으며, 하느님에 대한 충만한 사랑을 지니고 있었다. 그 부인은 매일 아침 교회에 가곤 했는데, 어린애들은 길을 가는 그 부인에게 큰 소리로 외치며 아는 척을 했고, 거지들도 말을 걸곤 했다. 그러나 신앙심에 너무나 취해 있었던 그녀는 그들을 쳐다보지도 않았다.

그러던 어느 날, 늘 하던 대로 부인은 거리를 내려가서 예배 시간 직전에 교회에 도착했다. 그러나 부인이 문을 밀었을 때 어찌된 일인지 성당의 문이 열리지 않았다. 부인은 다시 한 번 더 힘껏 밀고 나서야 문이 잠겼다는 것을 알았다.

그 부인은 여러 해 만에 처음으로 예배를 볼 수 없게 되었다는 생각에 슬퍼져서 어찌할 바를 모르며 위를 쳐다보았다. 그런데 바로 거기, 부인의 눈 앞에 종이가 하나 보였다. 문에 핀으로 꽂혀있던 그 종이에는 이렇게 적혀 있었다.

"나는 저기 밖에 있도다."

어떤 성인에 관한 말이 있다.
그는 수도자의 의무를 수행하러 집을 떠날 때면 항상 이렇게 말했다고 한다.
"그럼, 주님, 안녕히 계십시오! 저는 지금 교회로 갑니다."

발행 허가

어떤 사람이 아동물 도서에 대한 주교의 발행 허가를 청했다. 그 책에는 간단한 몇 개의 삽화와 복음서 몇 구절이 들어 있을 뿐, 그 외에 다른 말은 한 마디도 없었다.

드디어 주교의 발행 허가가 났는데, 거기에는 관례적인 단서가 붙어 있었다.

"이 발행 허가는 이 책에 표현된 의견들에 주교가 반드시 동의한다는 뜻은 아니다."

고도로 조직화된 함정들!

자비의 문을 열게 하는 도둑

한 사제가 그의 부제에게 지시하기를, 어떤 병자의 회복을 빌며 함께 기도할 사람을 열 명만 모으라고 했다.

그리하여 모아진 열 명의 사람이 모두 들어왔을 때, 누군가 사제의 귀에 대고 속삭였다.

"저 사람들 중에 꽤 알려진 도둑들이 몇 있습니다."

그러자 사제는 말했다.

"더욱 잘됐군. 그들이야말로 닫혀 있는 자비의 문을 열게 하는 전문가들이지."

가치 있는 경전

데쓰겐(鐵眼道光)은 선(禪) 연구가였다. 그는 거대한 사업을 하나 하기로 결심했다. 당시에는 중국어로만 읽을 수 있던 7천 권의 경전을 일본어로 번역하는 작업이었다. 그는 이 사업을 위한 기금을 모으기 위해 일본 각지를 돌아다녔다.

금을 백 냥씩이나 시주하는 부자들도 있긴 했으나, 대부분은 농사꾼들에게서 몇 푼씩 받는 것이 고작이었다. 그러나 데쓰겐은 액수와는 상관없이 각 시주를 한 사람들에게 똑같이 감사를 표했다.

십년이란 긴 세월 동안 모금을 한 결과, 마침내 그 사업에 필요한 기금이 모아졌다. 그런데 바로 그때 우지 강에 홍수가 나서 수천 명이 재산과 집을 잃고 난민이 되었다.

그것을 본 데쓰겐은 자신의 소중한 사업을 위해 십년 동안 모은 돈을 모두 이 가난한 사람들에게 나누어 주었다.

그러고 난 후, 그는 그 사업을 위한 기금을 모으는 일을 다시 시작했고, 그만한 돈을 다시 한 번 모으기까지는 여러 해가 걸렸다.

그러자 전국에 전염병이 돌았고, 데쓰겐은 또다시 모은 돈 전부를 고통 받는 이들을 위해 쓰게 되었다.

또다시 그는 기금을 모으기 시작했고, 20년이라는 세월이 흐른 뒤 마침내 일본어로 된 경전을 만드는 그의 꿈이 이루어졌다.

교토 오바꾸 산에 있는 만복사에는 그 경전의 초판을 찍어낸 인쇄판이 소장되어 있다.

일본 사람들은 자녀들에게 말한다.

데쓰겐이 그 경전을 만든 것은 모두 세 번이었는데, 첫 번째 경전과 두 번째 경전은 볼 수는 없지만 세 번째의 경전보다 훨씬 더 가치 있는 것이라고 하고 있다.

불이 되어라.

요셉 압바를 찾아온 롯 압바가 말했다.

"스승님, 저는 제가 기울일 수 있는 모든 힘을 다해 작은 규칙까지 지키고, 단식도 하고, 기도와 묵상을 할뿐더러, 침묵을 지키고, 가능한 한 사악한 생각이 들지 않도록 마음을 정갈하게 하며 지냅니다.

이제 제가 더 해야 할 일은 무엇입니까?"

스승은 대답하려고 일어섰다. 그가 하늘을 향해 두 팔을 뻗치자 그의 손가락들은 활활 타오르는 열 개의 횃불처럼 되었다. 스승은 말했다.

"바로 이것이다. 완전한 불이 되어라."

가치 있는 한숨

어떤 구두 수선공이 게르의 이삭 랍비에게로 와서 말했다.

"저는 아침의 기도 시간을 어떻게 해야 좋을지 모르겠습니다. 저를 찾아오는 고객들은 구두가 한 켤레씩밖에 없는 가난한 사람들입니다. 그러므로 저는 늦은 저녁에 그 사람들의 구두를 받아 가지고 거의 밤새도록 수선을 합니다. 새벽녘이 되어도 할 일은 여전히 남아 있지요. 그 사람들이 일하러 가기 전에 구두 수선을 마쳐 놓아야 하니까요.

그래서 말인데요, 제가 아침 기도를 어떻게 해야 되겠습니까?"

"지금까지는 어떻게 해왔나요?"하고 랍비가 물었다.

"어떤 때는 재빨리 기도를 해버리고는 다시 일을 시작합니다. 그런데 그러고 나면 마음이 무겁습니다. 어떤 때는 기도 시간을 그냥 지나쳐 버리기도 합니다. 그러고 나면 또 뭔가 허전해지더군요.

그래서 구두에서 망치를 들어 올릴 때면, 종종 제 마음속에서 이렇게 한숨 쉬는 소리가 들려오곤 한답니다.

'아침 기도조차 할 수 없는 나는 얼마나 불행한 사람인가!'"

그 말을 다 듣고 난 랍비가 조용히 말했다.

"내가 만일 신이라면, 나는 아침 기도보다 그 한숨을 더 소중하게 여길 겁니다."

신의 집

낮에는 새들이 노래하고, 밤에는 벌레들이 우는 숲이 있었다. 그곳에는 우거진 나무들과 만발한 꽃들이 있었고, 갖가지 생물들이 자유롭게 살고 있었다.

그리하여 누구라도 그곳에 발을 들여놓으면 고요한 자연의 아름다움 속에 사시는 하느님의 집인 저 고독으로 인도되곤 했다.

그러다가 어느 순간 사람들이 수십 미터 높이의 건물들을 짓는가 하면, 한 달 만에 강과 숲과 산들을 망가뜨릴 수도 있게 된 광란의 시대가 도래하게 된 것이다.

그리하여 숲의 나무와 숲의 땅 속에 묻혀 있던 돌들로 예배의 전당들이 세워졌다. 교회와 성당들의 첨탑, 회교 사원의 첨탑이 하늘을 찔렀고, 종소리와 기도 소리와 찬송가, 그리고 훈계가 대기를 가득 메웠다.

그리고 하느님의 집은 흔적도 없이 사라져 버렸다.

하느님은 모든 것을
우리 눈앞에 갖다 놓으심으로써
그것들을 감추신다!

귀 기울여라!
새의 노래 소리와
나무들 사이로 불어오는 바람 소리,
그리고 바다의 포효하는 소리를.

마치 처음인 듯 보아라!
한 그루의 나무와,
떨어지는 잎새 하나,
그리고 꽃잎 하나 하나를.

어느날 문득 만날지도 모른다.
실재라는 것을,
그리고 어린 시절에 떨어져 나온 이래
우리네 알량한 지식 때문에
들어가지 못하고 있는
저 천국을.

겸손

옛날에 매우 독실한 믿음을 지닌 사람이 있었다. 그는 천사들도 그를 찬양할 정도였다. 게다가 그처럼 거룩한 품성을 지녔음에도 자만하지 않는 사람이었다. 그는 그저 일상적인 일들을 부지런히 하면서 선한 인품을 내뿜고 있었다. 마치 자신을 의식하지 않고서 향기를 발산하는 꽃처럼, 빛을 발하는 가로등처럼······.

그가 거룩한 이유는, 모든 사람의 과거를 개의치 않고 지금 그대로의 모습을 존중하며, 그 사람의 겉모습 따위에 좌우되지 않고 그 존재의 내면을 꿰뚫어 보는 데 있었다. 그리하여 그는 만나는 사람은 누구든 사랑하고 포용하였는데, 그러면서도 자신의 그런 훌륭한 점들을 의식하지 못할 만큼 순수했다.

어느 날 한 천사가 그에게 와서 말했다.

"하느님께서 나를 당신에게 보내셨습니다. 무엇이든 청하기만 한다면 이루어질 것입니다. 누구라도 치유할 수 있는 그런 능력을 받고 싶습니까?"

"아닙니다. 저는 오히려 하느님께서 친히 치유하시기를 바랍니다."하고 그 사람은 말했다.

"그러면 죄인들을 바른 길로 인도하고 싶습니까?"

"아닙니다. 인간의 마음을 움직일 수 있는 것은 저의 일이 아닙니다. 그건 천사들의 일입니다."

"그렇다면, 모범적인 덕인(德人)이 되어 사람들로부터 존경을 받는 그런 사람이 되고 싶은가요?"

"아닙니다. 그렇게 되면 사람들의 관심을 받게 될 테니까 싫습니다."

"그러면 그대가 바라는 것은 도대체 무엇입니까?"하고 천사가 물었다.

"하느님의 은총이지요. 그 분의 은총만 있다면 저는 제가 바라는 모든 것을 가진 것입니다."하고 그는 대답했다.

"안됩니다. 어떤 기적을 원해야만 됩니다. 그렇지 않는다면 한 가지를 억지로라도 떠맡겨야겠습니다."하고 천사가 말했다.

"정 그러시다면 이것을 청하겠습니다. 저를 통해서 좋은 일들이 이루어지되, 제 자신이 그것을 의식하는 일은 없게 해주십시오."

그리하여 그 거룩한 사람의 그림자가 그의 등 뒤로 드리워질 때마다 그곳을 치유의 땅이 되게 해 주도록 결정되었다. 그의 그림자가 생기는 곳은 어디라도 —그의 등 뒤로 그림자가 드리워져 있을 때라는 조건 아래— 병자들이 치유되고, 땅은 비옥하게 되었으며, 마른 샘에서는 물이 솟고, 고달픈 삶에 지친 사람들의 얼굴에 화색이 돌게 되었다.

그러나 거룩한 이는 이러한 사실들을 전혀 알지 못했다. 왜냐하면 모든 사람들이 그 그림자에만 정신을 쏟았기에 그 성인에게까지 관심이 미치지 못했기 때문이다. 그리하여 자기를 통해서 좋은 일들이 이루어지되, 자기는 알려지지 않기를 바라는 그 성인의 소원은 충분히 성취되었다.

나름대로의 기도

어떤 마을에 한 사제가 있었다. 그는 매우 성스러운 사람이었기에 마을 사람들은 곤란한 일을 당하면 그를 찾아가 호소했다. 그러면 그는 숲속의 어떤 특별한 장소로 물러가서 어떤 특별한 기도를 했다. 신께서는 항상 그의 기도를 들어주셨고, 그 마을 사람들은 도움을 받을 수 있었다.

그가 세상을 떠나고 난 후, 마을 사람들은 곤란한 일이 생기면 그 사제의 후임자에게 호소했다. 그는 비록 성스러운 사람은 아니었으나 숲속의 그 특별한 장소와 그 특별한 기도에 대한 것을 알고 있었다. 그래서 그는 말했다.

"신이시여, 당신은 제가 성스럽지 않다는 것을 아십니다. 하지만 그렇다고 해서 마을 사람들에게 은총을 내려주지 않는 일은 없으시겠지요? 제 기도를 들으시고 우리를 도와주십시오."

신께서는 그의 기도를 들어주셨고 마을 사람들은 도움을 받게 되었다.

그가 세상을 떠나고 난 후, 마을 사람들은 곤란한 일을 당할 때면 또 그의 후임자에게 호소했다. 그는 특별한 기도에 대해서는 알고 있었으나, 숲속의 그 비밀스런 장소는 알지 못했다. 그래서 그는 말했다.

"장소 따위가 뭐 중요하겠습니까. 어디나 다 당신께서 존재하시지 않습니까? 제 기도를 들으시고 우리를 도와주십시오."

그리고 다시 한 번 신께서는 그의 기도를 들어주셨고, 마을 사람들은 도움을 받았다.

그도 또 세상을 떠났고, 마을 사람들은 곤란한 일을 당할 때면 그 후임자에게 호소했다.

그는 그 특별한 기도문이나 특별한 장소에 대해 전혀 아는 바가 없었다. 그래서 그는 기도했다.

"신이시여, 당신께서 값지게 여기시는 것은 그 기도문이나 특별한 장소가 아니라, 바로 지금 이곳에서 절망적으로 외치는 마음의 절규입니다. 제 기도를 들으시고 은총을 내려 주십시오."

다시 한 번 신께서는 그의 기도를 들어 주셨고, 마을 사람들은 도움을 받았다.

이 사람도 세상을 떠나고 나자 사람들은 곤란한 일을 당하면 그의 후임자에게 호소했다. 그런데 이 사제는 기도보다는 돈이 더 절실했다. 그래서 신께 말씀드렸다.

"도대체 당신은 무슨 신이 그러십니까? 일부러 일으켜 놓으신 문제들을 얼마든지 해결할 수 있으시면서도, 우리가 굽실거리고 구걸하고 죽는 소리로 애원할 때까지 손가락 하나 까딱하려 들지 않으시니 말입니다. 그래요, 그 사람들을 당신 마음대로 하십시오."

그리고는 그는 자신의 일을 하러 갔다. 그리고 또다시 신께서는 그의 기도를 들어주셨고, 마을 사람들은 도움을 받았다.

조심

　사제가 말하기를 돌아오는 일요일에 예수 그리스도께서 친히 성당에 오실 것이라고 했다. 그 소식을 들은 수많은 사람들이 그 분을 만나보고 싶어 몰려왔다. 모두들 그 분의 설교를 기대했으나, 그 분은 다만 "안녕하십니까."라고 하며 미소를 지을 뿐이었다.

　사람들은, 그 중에서도 특히 사제가 그 분을 그날 밤에 자기 집으로 모시겠다고 했다. 하지만 그 분은 예를 갖춰 사양하시면서 성당 안에서 밤을 지내시겠다고 하셨다.

　사람들은 '이 얼마나 적합한 곳인가!'하고 모두들 생각했다.

　그 분은 다음날 아침, 날이 밝기가 무섭게 채 열리지도 않은 성당 문을 열고 빠져 나가셨다. 그리고 끔찍하게도 사제와 교우들은 성당이 온통 엉망인 것을 발견했다. 벽이란 벽에는 모두 '조심!'이라는 단어가 빽빽이 낙서되어 있었다. 비어있는 데라곤 한 구석도 없었다. 창문, 연단, 기둥, 제대, 심지어 독서대 위에 놓여 있는 성경에까지 모두 그러했다.

　크고 작은 글씨로, 연필과 펜과 온갖 상상할 수 있는 색깔의 물감들로 '조심!'하고 써놓은 것이다. 사람들의 눈길이 닿는 곳마다 온통 그 단어였다.

　'조심, 조심, 조심, 조심, 조심, 조심……'

사람들은 어리둥절함과 분노, 충격, 그리고 신기하면서도 두려움을 느꼈다. 무엇을 조심하라는 것일까? 그러나 그 분께서 그것은 말하지 않았다. 그냥 조심하라고만 했다.

사람들은 이 지저분한 글씨들, 이 신성 모독을 모조리 깨끗이 지워버리고 싶다는 충동을 느꼈다. 그러나 그 행위를 한 분이 바로 예수님이셨다는 생각 하나 때문에 이 충동을 억제하고 말았다.

그런데 '조심'이라는 그 알 수 없는 단어가 어느 순간부터인지 성당에 오는 사람들의 마음 속에 스며들기 시작했다.

성서를 조심스럽게 대하기 시작하자, 곧 맹신하는 일 없이 성서에서 도움을 받을 수 있게 되었다. 성서를 조심하기 시작하자, 곧 미신에 빠지는 일 없이 문제를 해결할 수 있게 되었다.

사제는 사람들을 다루는 자기의 지위가 지닌 힘을 조심하기 시작했고, 그리하여 사람들을 지배하지 않고 도울 수 있게 되었다.

그리고 방만한 자들을 독선으로 이끄는 종교에 대해 모두들 조심하기 시작했다.

조심하여 교회법을 대하기 시작했고, 그래서 법을 지키되 약자에게 동정을 지니게 되었다.

조심하여 기도하기 시작했고, 그래서 더 이상 스스로를 의지하는 데서 그치고 마는 일이 없게 되었다.

자기들이 지니고 있는 하느님이라는 개념들에 유의하기 시작했고, 그래서 자기네 성당이라는 그 좁은 테두리 밖에서도 그 분을 알아볼 수 있게 되었다.

그들은 이제 그 기적적인 단어를 성당 입구에 써 붙였다.
그래서 그곳을 지나는 사람들은 밤이면 그 성당 위에 오색 네온 불빛으로 빛나고 있는 그 단어를 볼 수 있게 되었다.

메시아를 다루는 방법

한 부유한 농부가 어느 날 갑자기 집안으로 뛰어 들어오면서 심각한 목소리로 외쳤다.

"여보, 끔찍한 소문이 온 마을에 퍼져 있어요. 메시아가 이곳에 와 계시다는 거야!"

"그게 뭘 그리 끔찍한 일이라고 그러세요? 전 오히려 근사한 일처럼 생각되는 걸요. 무엇 때문에 그렇게 고민하세요?"하고 부인이 물었다.

"무엇 때문에 고민하느냐고?" 남편은 외쳤다.

"우리는 지금껏 수년 간 힘들게 일해서 드디어 이만큼의 부를 이루었다고! 천여 마리의 가축과 곡식이 가득 찬 창고, 풍요롭게 열매를 맺고 있는 나무들. 그러나 이제 우리는 이 모든 것들을 단념하고 그 분을 따라야 할 거요."

부인이 위로하며 말했다.

"진정하세요, 여보. 우리 주 하느님은 좋으신 분이세요. 그 분은 우리 유대인들이 지금껏 당해온 고통을 알고 계세요. 파라오, 하만, 히틀러 같은 사람들이 끊임없이 우리를 괴롭혀 왔지만 우리 하느님은 그들 모두를 다루어 내셨잖아요, 안 그래요?

당신은 그저 믿음을 가지시기만 하면 돼요. 그 분께서는 지금까지와 마찬가지로 그 메시아를 다루는 방법도 찾아내실 거예요."